世界文学名著名译典藏

全译插图本

沙与沫

〔黎巴嫩〕纪伯伦◎著　冰心　李唯中◎译

SAND AND FOAM

长江出版传媒　长江文艺出版社

图书在版编目（ＣＩＰ）数据

沙与沫 / （黎巴嫩）纪伯伦著；冰心，李唯中译
. -- 武汉 ：长江文艺出版社， 2018.5
（世界文学名著名译典藏）
ISBN 978-7-5702-0307-9

Ⅰ. ①沙… Ⅱ. ①纪… ②冰… ②李… Ⅲ. ①散文诗
－诗集－黎巴嫩－现代 Ⅳ. ①I378.25

中国版本图书馆 CIP 数据核字(2018)第 062077 号

责任编辑：黄柳依　　　　　　　　　责任校对：陈　琪
封面设计：格林图书　　　　　　　　责任印制：邱　莉　　王光兴

出版：　长江出版传媒　｜　长江文艺出版社

地址：武汉市雄楚大街 268 号　　　　邮编：430070
发行：长江文艺出版社
电话：027—87679360
http://www.cjlap.com
印刷：中印南方印刷有限公司

开本：880 毫米×1230 毫米　　1/32　　印张：7　　插页：4 页
版次：2018 年 5 月第 1 版　　　　2018 年 5 月第 1 次印刷
字数：96 千字

定价：26.00 元

导　读

陈　恕

　　1927 年冬，冰心从美国友人那里初次读到纪伯伦的散文诗集《先知》，就被这本书"满含着东方气息的超妙的哲理和流利的文词"所吸引。她很快就组织"习作"班的同学翻译起来，可惜那些译稿没有收集起来。1930 年春，她重读此书，觉得此书"实在有翻译价值"，因此她独自开始翻译，寄给天津《益世报》的文学副刊，4 月 18 日开始逐日连载，直到该报副刊停刊为止。

　　1931 年，吴文藻偕冰心回到江阴老家省亲。吴文藻的姐姐，当时在南翔住，就请弟弟、弟媳到她家小住，并把父母亲也接过来团聚。这次南行，吴文藻和冰心花费颇多，回到北京，深感手头拮据。冰心想到新月书店，希望能预支一点稿酬。恰巧书店的财务张禹九（禹铸九鼎之意）是吴文藻在清华时的同学，他又是张君劢的弟弟，冰心因王世瑛的关系，和张禹九也熟悉，所以预支一点稿费也就不成问题。况且他们知道冰心愿意译书，第二天就派人送了 500 元给冰心。经济紧张的局面得到缓解。

　　冰心就抓紧时间把《先知》翻译出来。1931 年 9 月，新月书店分甲种和乙种出版了《先知》（The Prophet）的中译本，一种译本的规格为 32 开，共 125 页，并附有纪伯伦为此书所绘的 12 幅插图。

第一位译介纪伯伦作品的是茅盾。1923 年 9 月 3 日和 17 日，他在《文学周刊》杂志上发表纪伯伦的 5 篇散文诗译文，它们是《批评家》《一张雪白的纸说……》《价值》《别的海》和《圣的愚者》。这几篇译作不长，但它揭开了中国-黎巴嫩、中国-阿拉伯文化交流新的一页。冰心则进一步地介绍了纪伯伦。

冰心在 1962 年又开始翻译纪伯伦的另一部诗集《沙与沫》（Sand and Foam），部分译文刊登在 1963 年 1 月《世界文学》上。1981 年 12 月《外国文学季刊》全文发表了冰心译出的《沙与沫》。1982 年 7 月原湖南人民出版社出版了冰心译出的《先知》《沙与沫》合集，这是在我国问世的第一部纪伯伦作品合集。1996 年湖南文艺出版社出版了由陈恕编辑、冰心译的《先知》《沙与沫》英汉对照本。

1995 年，冰心翻译纪伯伦的《先知》《沙与沫》获黎巴嫩国家级雪松骑士奖，同年，她还获得中国作家协会颁发的彩虹翻译荣誉奖。

1995 年 3 月 7 日北京医院三楼小会议厅充满了温馨和喜悦的气氛。黎巴嫩共和国驻华大使法利德·萨马哈将一枚黎巴嫩最高奖赏的"雪松骑士勋章"佩戴在冰心胸前。黎巴嫩总统利亚斯·赫拉维亲自签署了第 6146 号命令，授予冰心这枚国家级勋章，以表彰她为中黎文化交流事业所做的贡献。

黎巴嫩驻华大使法利德·萨马哈在授勋仪式上讲了下面一段话：

……我们今天颁发勋章，是为中华民族的优秀品质加冕。如此象征性地在谢冰心女士身上得到体现的这些品质是由兼收并蓄、坚忍不拔、顽强拼搏和诗一般的温馨融汇在一起的一种民族精神。从年轻时起，她便敏感地感受到另一位思想家、伟大的黎巴嫩作家纪伯伦的深奥哲理和诗一般的呼唤。多亏了这位伟大的女士，纪伯伦的声音和他的人文思想和诗一般的呼唤才能得以不仅在黎巴嫩和美国而且在中国传播……亲爱的朋友们，要赞扬冰心，单靠语言是不够的，他们听起来就像沧海中的小溪一样乏力。所以，我最好就此打住。此处无声似有声。我深信冰心懂得我的意思，因为她翻译过《先知》中论"谈话"的章节，纪伯伦是这样说的："当你不安于你的思想的时候，你就说话……在你许多的谈话里，思想半受残害。"

冰心在授勋仪式上致辞：

黎巴嫩政府经总统亲自批准授予我国家级雪松骑士勋章，我感到十分荣幸。这个荣誉不仅是给予我的，也是给予12亿中国人民的。对此我深表感谢。

我喜爱纪伯伦的作品，特别喜爱他的人生哲学，对爱的追求，他说："爱不占有，也不被占有"，"真正伟大的人是不压制人也不受压制的人"。这些深刻的至理名言，在他的作品中比比皆是，他的作品深深地感染了几代人。纪伯伦不仅属于黎巴嫩，而且属于中国，属于东方，属于全世界。

目录

Contents

先　知

先
知

Part One

船的来临

当代的曙光，被选而被爱戴的亚墨斯达法，在阿法利斯城中等候了十二年，等他的船到来，好载他归回他生长的岛上去。

在第十二年绮露收获之月的第七天，他出城登上山顶，向海凝望。他看见了他的船在烟雾中驶来。

他的心扉霎然地开了，他的喜乐在海面飞越。他合上眼，在灵魂的严静中祷告。

但当他下山的时候，忽然一阵悲哀袭来，他心里想：

我怎能这般宁静地走去而没有些忧哀？不，我要精神上不受创伤地离此城郭。

在这城围里，我度过了悠久的痛苦的日月和孤寂的深夜。谁能撇下这痛苦与孤寂，没有一些悼惜？

在这街市上，我曾撒下过多的零碎的精神，在这山中也有过多的赤裸着行走的我所爱怜的孩子，离开他们，我不能不觉得负担与痛心。

这不是今日我脱弃了一件衣裳，乃是我用自己的手撕下了一块自己的皮肤。

也不是我遗弃了一种思想，乃是遗弃了一颗用饥和渴做成的甜蜜的心。

然而我不能再迟留了。

那召唤万物来归的大海，也在召唤我，我必须登舟了。

因为，若是停留下来，我的归思，在夜间虽仍灼热奋发，渐渐地却要冰冷变石了。

我若能把这里的一切都带了去，何等的快乐呵，但是我又怎能呢？

声音不能把付给他翅翼的舌头和嘴唇带走。他自己必须寻求"以太"。

鹰鸟也必须撇下窝巢，独自地飞过太阳。

现在他走到山脚，又转面向海，他看见他的船徐徐地驶入湾口，那些在船头的舟子，正是他的故乡人。

于是他的精魂向着他们呼唤，说：

弄潮者，我的老母的孩儿，

有多少次你们在我的梦中浮泛。现在你们在我更深的梦中，也就是我苏醒的时候驶来了。

我已准备好要去了，我的热望和帆篷一同扯满，等着风来。

我只要在这静止的空气中，再呼吸一口气，我只要再向后抛掷热爱的一瞥，那时我要站在你们中间，一个航海者群中的航海者。

还有你，这无边的大海，无眠的慈母，

只有你是江河和溪水的宁静与自由。

这溪流只还有一次的转折，一次林中的潺潺，

然后我要到你这里来，无量的涓滴归向这无量的海洋。

当他行走的时候，他看见从远处有许多男女离开田园，急速地赶到城边来。

他听见他们叫着他的名字，在阡陌中彼此呼唤，报告他的船来临。

他对自己说：

别离的日子能成为会集的日子么？

我的薄暮实在可算是我的黎明么？

那些放下了耕田的犁耙，停止了榨酒的轮儿的人们，我将给他们什么呢？

我的心能成为一棵累累结实的树，可以采撷了分给他们么？

我的愿望能奔流如泉水，可以倾满他们的杯么？

我是一个全能者的手可以弹奏的琴，或是一管全能者可以吹弄的笛么？

我是一个寂静的寻求者，在寂静中，我发现了什么宝藏，可以放心地布施呢？

倘若这是我收获的日子，那么，在何时何地我曾撒下了种子呢？

倘若这确是我举起明灯的时候，那么，灯内燃烧着的火焰，

不是我点燃的。

空虚黑暗的我将举起我的灯，

守夜的人将要添上油，也点上火。

这些是他口中说出的，还有许多没有说出的存在心头，因为他说不出自己心中更深的秘密。

他进城的时候，众人都来迎接，齐声地向他呼唤。

城中的长老走上前来说：

你还不要离开我们。

在我们的朦胧里，你是正午的潮音，你青春的气度，给我们以梦想。

你在我们中间不是一个异乡人，也不是一个客人，乃是我们的儿子及亲挚的爱者。

不要使我们的眼睛因渴望你的脸面而酸痛。

一班道人和女冠对他说：

不要让海波在这时把我们分开，使你在我们中间度过的岁月成了一个回忆。

你曾是一个在我们中间行走的神灵，你的影儿曾明光似的照亮我们的脸。

我们深深地爱着你。不过我们的爱没有声响，而又被轻纱蒙着。

但现在他要对你呼唤，要在你面前揭露。

除非临到了别离的时候，"爱"永远不会知道自己的深浅。

别的人也来向他恳求。

他没有答话。他只低着头，靠近他的人看见他的泪落在袜上。

他和众人慢慢地向殿前的广场走去。

有一个名叫爱尔美差的女子从圣殿里出来，她是一个预言者。

他以无限的温蔼注视着她，因为她是在他第一天进这城里的时候，最初寻找他相信他的人中之一。

她庆贺他，说：

上帝的先知，至高的探求者，你曾常向远处寻望你的航帆。

现在你的船儿来了，你必须归去。

你对于那回忆的故乡，和你更大愿望的居所的渴念，是这样地深切；我们的爱，不能把你系住，我们的需求，也不能把你拘留。

但在你别离以前，我们要请你对我们讲说真理。

我们要把这真理传给我们的孩子，他们也传给他们的孩子，绵绵不绝。

在你的孤独里，你曾守卫我们的白日；在你的清醒里，你曾倾听我们睡梦中的哭泣与欢笑。

现在请把我们的"真我"披露给我们，告诉我们你所知道的关于生和死中间的一切。

他回答说：

阿法利斯的民众呵，除了那现时在你们灵魂里激荡的之外，我还能说什么呢？

爱

于是爱尔美差说：请给我们谈爱。

他举头望着民众，他们一时静默了。他用洪亮的声音说：

当爱向你们召唤的时候，跟随着他，

虽然他的路程艰险而陡峻。

当他的翅翼围卷你们的时候，屈服于他，

虽然那藏在羽翮中间的剑刃也许会伤毁你们。

当他对你们说话的时候，信从他，

虽然他的声音也许会把你们的梦魂击碎，如同北风吹荒了
林园。

爱虽给你加冠，他也要将你钉在十字架上。他虽栽培你，他
也刈剪你。

他虽升到你的最高处，抚惜你在日中颤动的枝叶，

他也要降到你的根下，摇动你的根柢的一切关节，使之
归土。

如同一捆稻粟，他把你束聚起来。

他舂打你使你赤裸。

他筛分你使你脱壳。

他磨碾你直至洁白。

他揉搓你直至柔韧；

然后他送你到他的圣火上去，使你成为上帝圣筵上的圣饼。

这些都是爱要给你们做的事情，使你知道自己心中的秘密，在这知识中你便成了"生命"心中的一屑。

假如你在你的疑惧中，只寻求爱的和平与逸乐，

那不如掩盖你的裸露，而躲过爱的筛打，而走入那没有季候的世界，在那里你将欢笑，却不是尽量地笑悦；你将哭泣，却没有流干眼泪。

爱除自身外无施与，除自身外无接受。

爱不占有，也不被占有。

因为爱在爱中满足了。

当你爱的时候，你不要说，"上帝在我的心中"，却要说，"我在上帝的心里"。

不要想你能导引爱的路程，因为若是他觉得你配，他就导引你。

爱没有别的愿望，只要成全自己。

但若是你爱，而且需求愿望，就让以下的做你的愿望罢：

溶化了你自己，像溪流般对清夜吟唱着歌曲。

要知道过度温存的痛苦。

让你对于爱的了解毁伤了你自己；

而且甘愿地、喜乐地流血。

清晨醒起，以喜飏的心来致谢这爱的又一日；

日中静息，默念爱的浓欢；

晚潮退时，感谢地回家；

然后在睡时祈祷，因为有被爱者在你的心中，有赞美之歌在你的唇上。

婚 姻

爱尔美差又说：夫子，婚姻怎样讲呢？

他回答说：

你们一块儿出世，也要永远合一。

在死的白翼隔绝你们的岁月的时候，你们也要合一。

噫，连在静默地忆想上帝之时，你们也要合一。

不过在你们合一之中，要有间隙，

让天风在你们中间舞荡。

彼此相爱，但不要做成爱的系链：

只让他在你们灵魂的沙岸中间，做一个流动的海。

彼此斟满了杯，却不要在同一杯中啜饮。

彼此递赠着面包，却不要在同一块上取食。

快乐地在一处舞唱，却仍让彼此静独，

连琴上的那些弦也是单独的，虽然他们在同一的音调中

颤动。

彼此赠献你们的心，却不要互相保留。

因为只有"生命"的手，才能把持你们的心。

要站在一处，却不要太密迩：

因为殿里的柱子，也是分立在两旁，

橡树和松柏，也不在彼此的树荫中生长。

孩　子

于是一个怀中抱着孩子的妇人说：请给我们谈孩子。

他说：

你们的孩子，都不是你们的孩子。

乃是"生命"为自己所渴望的儿女。

他们是凭借你们而来，却不是从你们而来，

他们虽和你们同在，却不属于你们。

你们可以给他们以爱，却不可给他们以思想。

因为他们有自己的思想。

你们可以荫庇他们的身体，却不能荫庇他们的灵魂，

因为他们的灵魂，是住在"明日"的宅中，那是你们在梦中

也不能想见的。

你们可以努力去模仿他们，却不能使他们来像你们。

因为生命是不倒行的，也不与"昨日"一同停留。

你们是弓，你们的孩子是从弦上发出的生命的箭矢。

那射者在无穷之中看定了目标，也用神力将你们引满，使他的箭矢迅速而遥远地射了出去。

让你们在射者手中的"弯曲"，成为喜乐罢；

因为他爱那飞出的箭，也爱了那静止的弓。

施 与

于是一个富人说：请给我们谈施与。

他回答说：

你把你的产业给人，那只算给了一点。

当你以身布施的时候，那才是真正的施与。

因为你的财产，岂不是你存留保守着的东西，恐怕"明日"或许需要它们么？

但是"明日"，那过虑的犬，随着香客上圣城去，却把骨头埋在无痕迹的沙土里，"明日"能把什么给它呢？

除了需要的本身之外，需要还忧惧什么呢？

当你在井泉充溢的时候愁渴，那你的渴不是更难解么？

有人有许多财产，却只把一小部分给人——他们为求名而施与，那潜藏的欲念，使他们的礼物不完美。

有人只有一点财产，却全部都给人。

这些相信生命和生命的丰富的人，他们的宝柜总不空虚。

有人喜乐地施与，那喜乐就是他们的酬报。

有人痛苦地施与，那痛苦就是他们的洗礼。

也有人施与了，而不觉出施与的痛苦，也不寻求快乐，也不有心为善；

他们的施与，如同那边山谷里的桂花，香气浮动在空际。

从这些人的手中，上帝在说话；在他们的眼后，上帝在俯对大地微笑。

因请求而施与的，固然是好，而未受请求，只因默喻而施与的，是更好了；

对于乐善好施的人，去寻求需要他帮助的人的快乐，比施与还大。

有什么东西是你必须保留的呢？

必有一天，你的一切都要交付出来；

趁现在施与罢，这施与的时机是你自己的，而不是你的后人的。

你常说："我要施与，却只要舍给那些配受施与者。"

你果园里的树木和牧场上的羊群，却不这样说。

他们为要生存而施与，因为保留就是毁灭。

凡是配接受白日和黑夜的人们，都配接受你施与的一切。

凡配在生命的海洋里啜饮的，都配在你的小泉里舀满他的杯。

还有什么德行比接受的勇气、信心和善意还大呢？

有谁能使人把他们的心怀敞露，把他们的狷傲揭开，使你能看出他们赤裸的价值和无惭的骄傲？

先省察你自己是否配做一个施与者，是否配做一个施与的器皿。

因为实在说，那只是生命给予生命——你以为自己是施主，其实也不过是一个证人。

你们接受的人们——你们都是接受者——不要捎起报恩的重担，恐怕你们要把轭加在你们自己和施者的身上。

不如与施者在礼物上一齐展翅飞腾；

因为过于思量你们的欠负，就是怀疑了那以慈悲的大地为母、以上帝为父的人的仁心。

饮　食

一个开饭店的老人说：请给我们谈饮食。

他说：

我恨不得你们能借着大地的香气而生存，如同植物受着阳光、空气的供养。

既然你们必须杀生为食，而且从新生的动物口中，夺它的母乳来止渴，那就让它成为一个敬神的礼节罢，

让你的肴馔摆在祭坛上，那是丛林中和原野上的纯洁清白的物品，为更纯洁清白的人们而牺牲的。

当你杀生的时候，心里对它说：

"在宰杀你的权力之下，我同样地也被宰杀，我也要同样地被吞食。

那把你送到我手里的法律，也要把我送到那更伟大者的手里。

你和我的血都不过是浇灌天树的一种液汁。"

当你咬嚼着苹果的时候，心里对它说：

"你的子核要在我身中生长，

你来世的嫩芽要在我心中萌苗，

你的芬香要成为我的气息，

我们要终年的喜乐。"

在秋天，你在果园里摘葡萄榨酒的时候，心里说：

"我也是一座葡萄园，我的果实也要摘下榨酒。

和新酒一般，我也要被收存在永生的杯里。"

在冬日，当你斟酒的时候，你的心要对每一杯酒歌唱，

让那曲成为一首纪念秋天和葡萄园以及榨酒之歌。

工 作

于是一个农夫说：请给我们谈工作。

他回答说：

你工作为的是要与大地和大地的精神一同前进。

因为惰逸使你成为一个时代的生客，一个生命大队中的落伍者，这大队是庄严的、高傲而服从的，向着无穷前进。

在你工作的时候，你是一管笛，从你心中吹出时光的微语，变成音乐。

你们谁肯做一根芦管，在万物合唱的时候，你独痴呆无声呢？

你们常听人说，工作是祸殃，劳力是不幸。

我却对你们说，你们工作的时候，你们完成了大地的深远的梦之一部，他指示你那梦是从何时开头，

而在你劳动不息的时候，你确实爱了生命，

从工作里爱了生命，就是通彻了生命最深的秘密。

倘然在你的辛苦里，将有身之苦恼和养身之诅咒，写上你的眉间，则我将回答你，只有你眉间的汗，能洗去这些字句。

你们也听见人说，生命是黑暗的，在你疲瘁之中，你附和了那疲瘁的人所说的话。

我说生命的确是黑暗的，除非是有了激励；

一切的激励都是盲目的，除非是有了知识；

一切的知识都是徒然的，除非是有了工作；

一切的工作都是虚空的，除非是有了爱。

当你仁爱地工作的时候，你便与自己、与人类、与上帝联系为一。

怎样才是仁爱地工作呢？

从你的心中抽丝，织成布帛，仿佛你的爱者要来穿此衣裳。

热情地盖造房屋，仿佛你的爱者要住在其中。

温存地播种，喜乐地刈获，仿佛你的爱者要来吃这产物。

这就是用你自己灵魂的气息，来充满你所制造的一切，

要知道一切受福的古人，都在你上头看视着。

我常听见你们仿佛在梦中说："那在蜡石上表现出他自己灵魂的形象的人，是比耕地的人高贵多了。

那捉住虹霓，传神地画在布帛上的人，是比织履的人强多了。"

我却要说，不在梦中，而在正午极清醒的时候，风对大橡树说话的声音，并不比对纤小的草叶所说的更甜柔；

只有那用他的爱心，把风声变成甜柔的歌曲的人，是伟大的。

工作是眼能看见的爱。

倘若你不是欢乐地却厌恶地工作，那还不如撇下工作，坐在大殿的门边，去乞求那些欢乐地工作的人的周济。

倘若你无精打采地烤着面包，你烤成的面包是苦的，只能救半个人的饥饿。

你若是怨恨地压榨着葡萄酒，你的怨恨，在酒里滴下了毒液。

倘若你能像天使一般地唱，却不爱唱，你就把人们能听到白日和黑夜的声音的耳朵都塞住了。

欢乐与悲哀

于是一个妇人说：请给我们讲欢乐与悲哀。

他回答说：

你的欢乐，就是你的去了面具的悲哀。

连你那涌溢欢乐的井泉，也常是充满了你的眼泪。

不然又怎样呢？

悲哀的创痕在你身上刻得越深，你越能容受更多的欢乐。

你的盛酒的杯，不就是那曾在陶工的窑中燃烧的坯子么？

那感悦你的心神的笛子，不就是曾受尖刀挖刻的木管么？

当你欢乐的时候，深深地内顾你的心中，你就知道只不过是那曾使你悲哀的，又在使你欢乐。

当你悲哀的时候，再内顾你的心中，你就看出实在是那曾使你喜悦的，又在使你哭泣。

你们有些人说："欢乐大于悲哀。"也有人说："不，悲哀是更大的。"

我却要对你们说，他们是不能分开的。

他们一同来到，当这个和你同席的时候，要记住那个正在你床上酣眠。

真的，你似天平般悬在悲哀与欢乐之间。

只在盘中空洞的时候，你才能静止、持平。

当守库者把你提起来，称他的金银的时候，你的哀乐就必须升降了。

居 室

于是一个泥水匠走上前来说：请给我们谈居室。

他回答说：

在你在城里盖一所房子之前，先在野外用你的想象盖一座凉亭。

因为你在黄昏时有家可归，而你那更迷茫更孤寂的漂泊的精魂，也有个归宿。

你的房屋是你的较大的躯壳。

他在阳光中发育，在夜的寂静中睡眠，而且不能无梦。你的房屋不做梦么？不梦想离开城市、登山入林么？

我愿能把你们的房子聚握在手里，撒种似的把他们洒落在丛林中与绿野上。

愿山谷成为你们的街市，绿径成为你们的里巷，使你们在葡萄园中相寻相访的时候，衣袂上带着大地的芬芳。

但这个一时还做不到。

在你们祖宗的忧惧里，他们把你们聚集得太近了。这忧惧还要稍为延长，你们的城墙，也仍要把你们的家庭和你们的田地分开的。

告诉我罢，阿法利斯的民众呵，你们的房子里有什么？你们锁门是为守护什么呢？

你们有"和平"，不就是那呈露好魄力的宁静和鼓励么？

你们有"回忆"，不就是连跨你心峰的灿烂的桥么？

你们有"美"，不就是那把你的心从木石建筑上引到圣山的么？

告诉我，你们的房屋里有这些东西么？

或者你只有"舒适"和"舒适的欲念"，那诡秘的东西，以客人的身份混了进来始作家人、终作主人翁的么？

噫，他变成一个驯兽的人，用钩镰和鞭笞，使你较伟大的愿望变成傀儡。

他的手虽柔软如丝，他的心却是铁打的。

他催眠你，只需站在你的床侧，讥笑你肉体的尊严。

他戏弄你健全的感官，把它们塞放在蓟绒里，如同脆薄的杯盘。

真的，舒适之欲，杀害了你灵性的热情，又哂笑地在你的殡仪队中徐步。

但是你们这些"太空"的儿女，你们在静中不息，你们不应当被网罗，被驯养。

你们的房子不应当做个锚，却应当做个桅。

它不应当做一片遮掩伤痕的闪亮的薄皮，应当做那保护眼睛的睫毛。

你不应当为穿走门户而敛翅，也不应当为恐触到屋顶而低头，也不应当为怕墙壁崩裂而停止呼吸。

你不应当住在那死人替活人筑造的坟墓里。

无论你的房屋是如何地壮丽与辉煌，也不应当使它隐住你的秘密，遮住你的愿望。

因为你里面的"无穷性"，是住在天宫里，那天宫是以晓烟为门户，以夜的静寂与歌曲为窗牖的。

衣　服

于是一个织工说：请给我们谈衣服。

他回答说：

你们的衣服掩盖了许多的美，却遮不住丑恶。

你们虽在衣服里可寻得隐秘的自由，却也寻得檞饰与羁勒了。

我恨不得你们多用皮肤，而少用衣服去迎接太阳和风，

因为生命的气息是在阳光中，生命的把握是在风里。

你们中有人说：那纺织衣服给我们穿的是北风。

我也说：对的，是北风，

但他的机杼是可羞的，那使筋肌软弱的是他的线缕。

当他的工作完毕时，他在林中喧笑。

不要忘却，"羞怯"只是遮挡"不洁"的眼目的盾牌。

在"不洁"完全没有了的时候，"羞怯"不就是心上的桎梏与束缚么？

也别忘了大地是欢喜和你的赤脚接触，风是希望和你的头发相戏的。

买　卖

于是一个商人说：请给我们谈买卖。

他回答说：

大地贡献果实给你们，如果你们只晓得怎样独取，你们就不应当领受了。

在交易着大地的礼物里，你们将感到丰裕而满足。

然而若非用爱和公平来交易，则必有人流为饕餮，有人流为饿殍。

当在市场上，你们这些海上、田中和葡萄园里的工人，遇见了织工、陶工和采集香料的——

就当祈求大地的主神，临到你们中间，来圣化天平，以及那较量价值的核算。

不要容游手好闲的人来参加你们的买卖，他们会以言语来换取你们的劳力。

你们要对这种人说：

"同我们到田间，或者跟我们的兄弟到海上去撒网；

因为海与陆地，对你们也和对我们一样的慈惠。"

倘若那吹箫的和歌舞的人来了，你们也应当买他们的礼物。

因为他们也是果实和乳香的采集者，他们带来的物事，虽系梦幻，却是你们灵魂上的衣食。

在你们离开市场以前，要看着没有人空手回去。

因为大地主神，不到你们每人的需要全都满足了以后，他不能在风中宁静地睡眠。

罪与罚

于是本城的法官中，有一个走上前来说：请给我们谈罪与罚。

他回答说：

当你的灵性随风飘荡的时候，

你孤零而失慎地对别人也就是对自己犯了过错。

为着所犯的过错，你必须去叩那受福者之门，要被怠慢地等待片刻。

你们的神性像海洋；

他永远纯洁不染。

又像"以太"，他只帮助有翼者上升。

你们的神性也像太阳；

他不知道田鼠的径路，也不寻找蛇虺的洞穴。

但是你们的神性，不是独居在你们里面。

在你们里面，有些仍是"人性"，有些还不成"人性"，他只是一个未成形的侏儒，睡梦中在烟雾里蹒跚，自求觉醒。

我现在所要说的，就是你们的人性。

因为那知道罪与罪的刑罚的，是他，而不是你的神性，也不是烟雾中的侏儒。

我常听见你们论议到一个犯了过失的人，仿佛他不是你们的同人，只像是个外人，是个你们的世界中的闯入者。

我却要说连那圣洁和正直的，也不能高过于你们每人心中的至善，

所以那奸邪和懦弱的，也不能低过于你们心中的极恶。

如同一片树叶，除非得了全树的默许，方能独自变黄，

所以那作恶者，若没有你们大家无形中的怂恿，也不会作恶。

如同一个队伍，你们一同向着你们的神性前进。

你们是道，也是行道的人。

当你们中有人跌倒的时候，他是为了他后面的人而跌倒，是一块绊脚石的警告。

是的，他也为他前面的人而跌倒，因为他们的步履虽然又快又稳，却没有把那绊脚石挪开。

还有这个，虽然这些话会重压你的心：

被杀者对于自己的被杀，不能不负咎，

被劫者对于自己的被劫，不能不受责。

正直的人，对于恶人的行为，也不能算无辜，

清白的人，对于罪人的过错，也不能算不染。

是的，罪犯往往是被害者的牺牲品，

刑徒更往往为那些无罪无过的人担负罪责，

你们不能把至公与不公、至善与不善分开，

因为他们一齐站在太阳面前，如同织在一起的黑线和白线。

黑线断了的时候，织工就要视察整块的布，也要察看那机杼。

你们中如有人要审判一个不忠诚的妻子，

让他也拿天平来称一称她丈夫的心，拿尺来量一量他的灵魂。

让鞭挞"扰人者"的人，先察一察那"被扰者"的灵性。

你们如有人要以正义之名，砍伐一棵恶树，让他先察看树根；

他一定能看出那好的与坏的，能结实与不能结实的树根，都在大地的沉默的心中，纠结在一处。

你们这些愿持公正的法官，

你们怎样裁判那忠诚其外而盗窃其中的人？

你们又将怎样刑罚一个肉体受戮，而在他自己是心灵泯灭的人？

你们又将怎样控告那在行为上刁猾、暴戾，

而在事实上也是被威逼、被虐待的人呢？

你们又将怎样责罚那悔心已经大于过失的人？

忏悔不就是那你们所喜欢奉行的法定的公道么？

然而你们却不能将忏悔放在无辜者身上，也不能将他从罪人心中取出。

不期然地他要在夜中呼唤，使人们醒起，反躬自省。

你们这些愿意了解公道的人，若不在大光明中视察一切的行为，你们怎能了解呢？

只在那时，你们才知道那直立与跌倒的，只是一个站在"侏儒性的黑夜"与"神性的白日"的黄昏中的人，

也要知道那大殿的角石，并不高于那最低的基石。

法　律

于是一个律师说：可是，我们的法律怎么样呢，夫子？

他回答说：

你们喜欢立法，

却也更喜欢犯法。

如同那在海滨游戏的孩子，勤恳地建造了沙塔，然后又嬉笑地将它毁坏。

但是当你们建造沙塔的时候，海洋又送许多的沙土上来，

等你们毁坏那沙塔的时候，海洋又与你们一同哄笑。

真的，海洋常和天真的人一同哄笑。

可是对于那班不以生命为海洋，不以人造的法律为沙塔的人，又当如何？

对于那以生命为岩石，以法律为可随意刻石的凿子的人，又当如何？

对于那憎恶舞者的跛人，又当如何？

对于那喜爱羁轭，却以林中的麋鹿为流离颠沛的小牛的人，又当如何？

对于自己不能蜕脱，却把一切蛇豸称为赤裸无耻的老蛇的人，又当如何？

对于那早赴婚筵，饱倦归来，却说"一切筵席都是违法，那些设筵的人都是犯法者"的人，又当如何？

对于这些人，除了说他们是站在日中以背向阳之外，我能说什么呢？

他们只看见自己的影子。他们的影子，就是他们的法律。

太阳对于他们，不只是一个射影者么？

承认法律，不就是佝偻着在地上寻迹阴影么？

你们只向着阳光行走的人，那种地上的映影，能捉住你们么？

你们这乘风遨游的人，那种风信旗能指示你们的路程么？

如果你们不在任何人的囚室门前，敲碎你们的镣铐，那种人造的法律能束缚你们么？

如果你们跳舞，却不撞击任何人的铁链，你们还怕什么法律呢？

如果你撕脱你们的衣裳，却不丢弃在任何人行的道上，有谁能把你带去受审呢？

阿法利斯的民众呵，你们纵能闷住鼓音，松却琴弦，但有谁能禁止那云雀不高唱？

自　由

于是一个辩士说：请给我们谈自由。

他回答说：

在城门边，在炉火光前，我曾看见你们俯伏敬拜自己的"自由"，

甚至于像那些囚奴，在诛戮他们的暴君之前卑屈、颂赞。

噫，在寺院的林中，在城堡的影里，我曾看见你们之中最自由者，把自由像枷铐似的戴上。

我心里忧伤，因为只有那求自由的愿望也成了羁饰，你们再不以自由为标杆、为成就的时候，你们才是自由了。

当你们的白日不是没有牵挂，你们的黑夜也不是没有愿望与忧愁的时候，你们才是自由了。

不如说是当那些事物包围住你们的生命，而你们却能赤裸地无牵挂地超腾的时候，你们才是自由了。

但若不是在你们了解的晓光中，扭断了捆绑你们朝气的锁

链，你们怎能超脱你们的白日和黑夜呢？

实话说，你们所谓的自由，就是最坚牢的锁链，虽然那链环闪烁在日光中，炫耀了你们的眼目。

"自由"岂不是你们自身的碎片，你们愿意将他抛弃换得自由么？

假如那是你们所要废除的一条不公平的法律，那法律却是你们用自己的手写在自己的额上的。

你们虽烧毁你们的律书，倾倒全海的水来冲洗你们法官的额，也不能把他抹掉。

假如那是个你们所要废黜的暴君，先看他的建立在你们心中的宝座是否毁坏。

因为一个暴君怎能辖制自由和自尊的人呢？除非他们自己的自由是专制的，他们的自尊是可羞的。

假如那是一种你们所要抛掷的牵挂，那牵挂是你们自取的，不是别人勉强给你们的。

假如那是一种你们所要消灭的恐怖，那恐怖的座位是在你们的心中，而不在你们所恐怖的人的手里。

真的，一切在你们里面运行的物事：愿望与恐怖、憎恶与爱怜、追求与退避，都是永恒地互抱着。

这些事物在你们里面运行，如同光明与阴影成对地胶粘着。

当阴影消灭的时候，遗留的光明又变成另一种光明的阴影。

这样，当你们的自由脱去他的镣铐的时候，他本身又变成更大的自由的镣铐了。

理性与热情

于是那女冠又说：请给我们讲理性与热情。

他回答说：

你们的心灵常常是个战场，在战场上，你们的"理性与判断"和你们的"热情与嗜欲"开战。

我恨不能在你们的心灵中做一个调停者，使我可以让你们心中的分子从竞争与衅隙变成合一与和鸣。

但除了你们自己也做个调停者，做个你们心中的各分子的爱者之外，我又能做什么呢？

你们的理性与热情，是你们航行的灵魂的舵与帆。

假如你们的帆或舵破坏了，你们只能泛荡，漂流，或在海中停住。

因为理性独自治理，是一个禁锢的权力，热情不小心的时候，是一个自焚的火焰。

因此，让你们的心灵把理性升到热情之最高点，让它歌唱。

也让心灵用理性来引导你们的热情，让它在每日复活中生存，如同大鸾在它自己的灰烬上高翔。

我愿你们把判断和嗜欲，当作你们家中的两位佳客。

你们自然不能敬礼一客过于他客；因为过分关心于任一客，必要失去两客的友爱与忠诚。

在万山中，当你们坐在白杨的凉荫下，享受那远田与原野的宁静与和平——应当让你们的心在沉静中说：上帝安息在理性中。

当飓暴卷来的时候，狂风震撼林木，雷电宣告穹苍的威严——应当让你们的心在敬畏中说：上帝运行在热情里。

只因你们是上帝大气中之一息，是上帝丛林中之一叶，你们也要同他安息在理性中，运行在热情里。

苦　痛

于是一个妇人说：请给我们谈苦痛。

他说：

你的苦痛是你那包裹知识的皮壳的破裂。

连那果核也是必须破裂的，使果仁可以暴露在阳光中，所以你也必须晓得苦痛。

倘若你能使你的心时常赞叹日常生活的神妙，你苦痛的神妙必不减于你的欢乐；

你要承受你心灵的季候，如同你常常承受从田野上度过的四时。

你要静守，度过你心里凄凉的冬日。

许多的苦痛是你自择的。

那是你身中的医士，医治你病身的苦药。

所以你要信托这医生，静默安宁地吃他的药：

因为他的手腕虽重而辣，却是有冥冥的温柔之手指导着。

他带来的药杯，虽会焚灼你的嘴唇，那陶土却是陶工用他自己神圣的眼泪来润湿调抟而成的。

自　知

于是一个男人说：请给我们讲自知。

他回答说：

在宁静中，你的心知道了白日和黑夜的奥秘。

但你的耳朵渴求听取你心的知识的声音。

你常在意念中所了解的，你愿能从语言中知道。

你愿能用手指去抚触你的赤裸的梦魂。

你要这样做是好的。

你的心灵隐秘的涌泉，必须升溢，吟唱着奔向大海；

你的无穷深处的宝藏，必须在你目前呈现。

但不要用秤来衡量你未知的珍宝，

也不要用杖竿和响带去探测你知识的浅深。

因为"自我"乃是一个无边的海。

不要说，我找到了真理，只要说，我找到了一条真理。

不要说，我找到了灵魂的道路，只要说，我遇见了灵魂在我的道路上行走。

因为灵魂在一切的道路上行走。

灵魂不只在一条道上行走，也不是芦草似的生长。

灵魂像一朵千瓣的莲花，自己开放着。

教　授

于是一位教师说：请给我们讲教授。

他说：

除了那已经半睡着，躺卧在你知识的晓光里的东西之外，没有人能向你启示什么。

那在殿宇的阴影里，在弟子群中散步的教师，他不是传授他的智慧，而是传授他的忠信与仁慈。

假如他真是大智，就不会命你进入他的智慧之堂，却要引你到你自己心灵的门口。

天文家能给你讲述他对于太空的了解，他却不能把他的了解给你。

音乐家能给你唱出那充满太空的韵调，他却不能给你那聆受韵调的耳朵和应和韵调的声音。

精通数学的人，能说出度量衡的方位，他却不能引导你到那方位上去。

因为一个人不能把他理想的翅翼借给别人。

正如上帝对于你们每人的了解是不相同的，所以你们对于上帝和大地的见解也应当是不相同的。

友 谊

于是一个青年说：请给我们谈友谊。

他回答说：

你的朋友是你的有回应的需求。

他是你用爱播种，用感谢收获的田地。

他是你的饮食，也是你的火炉。

因为你饥渴地奔向他，你向他寻求平安。

当你的朋友向你倾吐胸臆的时候，你不要怕说出心中的"否"，也不要瞒住你心中的"可"。

当他静默的时候，你的心仍要倾听他的心；

因为在友谊里，不用言语，一切的思想，一切的愿望，一切的希冀，都在无声的喜乐中发生而共享了。

当你与朋友别离的时候，不要忧伤；

因为你觉得他最可爱之点，当他不在时愈见清晰，正如登山者从平原上望山峰，也加倍地分明。

愿除了寻求心灵的加深之外，友谊没有别的目的。

因为那只寻求着要显露自身的神秘的爱，不算是爱，只算是一张撒下的网，只网住一些无益的东西。

让你的最佳美的事物，都给你的朋友。

假如他必须知道你潮水的退落，也让他知道你潮水的高涨。

你找他只为消磨光阴的人，还能算做你的朋友么？

你要在生长的时间中去找他。

因为他的时间是满足你的需要，不是填满你的空虚。

在友谊的温柔中，要有欢笑，与相共的喜乐。

因为在那微末事物的甘露中，你的心能寻到他的清晓，而焕发了精神。

谈　话

于是一个学者说：请你讲谈话。

他回答说：

在你不安于你的思想的时候，你就说话；

在你不能再在你心的孤寂中生活的时候，你就要在你的唇上生活，而声音是一种消遣，一种娱乐。

在你许多的谈话里，思想半受残害。

思想是天空中的鸟，在语言的笼里，也许会展翅，却不会飞翔。

你们中间有许多人，因为怕静，就去找多言的人。

在独居的寂静里，会在他们眼中呈现出他们赤裸的自己，他们就想逃避。

也有些说话的人，并没有知识和考虑，却要启示一种他们自己所不明白的真理。

也有些人的心里隐存着真理，他们却不用言语诉说。

在这些人的胸怀中，心灵是居住在有韵调的寂静里。

当你在道旁或市场遇见你朋友的时候，让你的心灵，运用你的嘴唇，指引你的舌头。

让你声音里的声音，对他耳朵的耳朵说话：

因为他的灵魂要噙住你心中的真理。

如同酒光被忘却，酒杯也不存留，而酒味却要永远被忆念。

时　光

于是一个天文学家说：夫子，时光怎样讲呢？

他回答说：

你要测量那不可量、不能量的时间。

你要按照时辰与季候来调节你的举止，引导你的精神。

你要把时光当作一条溪水，你要坐在岸边，看它流逝。

但那在你里面无时间性的"我"，却觉悟到生命的无穷，

也知道昨日只是今日的回忆，而明日只是今日的梦想。

那在你里面歌唱着、默想着的，仍住在那第一刻在太空散布群星的圈子里。

你们中间谁不觉得他的爱的能力是无穷的呢？

又有谁不觉得那爱，虽是无穷，却是在他本身的中心绕行，不是从这爱的思念移到那爱的思念，也不从这爱的行为移到那爱的行为么？

而且时光岂不也像爱，是不可分析、没有罅隙的么？

但若在你的臆想里，你定要把时光分成季候，那就让每一季候围绕着其他的季候。

也让今日用回忆拥抱着过去，用希望拥抱着将来。

善 恶

于是一位城中的长老说：请给我们谈善恶。

他回答说：

我能谈你们的善性，却不能谈恶性。

因为，什么是"恶"，不只是"善"被他自身的饥渴所困苦么？

的确，在"善"饥饿的时候，他肯向黑洞中觅食，渴的时候，他也肯喝死水。

当你与自己合一的时候便是善。

当你不与自己合一的时候，却也不是恶。

因为一个隔断的院宇，不是贼窝，只不过是个隔断的院宇。

一只船失了舵，许会在礁岛间无目的地漂荡，而却不至于沉入海底。

当你努力地要牺牲自己的时候便是善。

当你想法自利的时候，却也不是恶。

因为当你设法自利的时候，你不过是土里的树根，在大地的胸怀中啜吸。

果实自然不能对树根说："你要像我，丰满成熟，永远贡献出你最丰满的一部分。"

因为，在果实，贡献是必须的，正如吸收是树根所必须的一样。

当你在言谈中完全清醒的时候，你是善的，

当你在睡梦中，舌头无意识地摆动的时候，却也不是恶。

连那错误的言语，有时也能激动柔弱的舌头。

当你勇敢地走向目标的时候，你是善的。

你颠顿而行，却也不是恶。

连那些跛者，也不倒行。

但你们这些勇健而迅速的人，要警醒，不要在跛者面前颠顿，还自以为仁慈。

在无数的事上，你是善的，在你不善的时候，你也不是恶的，

你只是流连，荒亡。

可怜那麋鹿不能教给龟鳖快走。

在你冀求你的"大我"的时候，便隐存着你的善性；这种冀求是你们每人心中都有的。

　　但是对于有的人，这种冀求是奔越归海的急湍，挟带着山野的神秘与林木的讴歌。

　　在其他的人，是在转弯曲折中迷途的缓流的溪水，在归海的路上滞留。

　　但是不要让那些冀求深的人，对冀求浅的人说："你为何这般迟钝？"

　　因为那真善的人，不问赤裸的人说："你的衣服在哪里？"也不问那无家的人："你的房子怎样了？"

祈 祷

于是一个女冠说：请给我们谈祈祷。

他回答说：

你们总在悲痛或需要的时候祈祷，我愿你们也在完满的欢乐中，及丰富的日子里祈祷。

因为祈祷不就是你们的自我在活的"以太"中开展么？

假若向太空倾吐出你们心中的黑夜是个安慰，那么倾吐出你们心中的晓光也是个喜乐。

假若在你的灵魂命令你祈祷的时候，你只会哭泣，她也要从你的哭泣中反复地鼓励你，直到你笑悦为止。

在你祈祷的时候，你超凡高举，在空中你遇到了那些和你在同一时辰祈祷的人，除了那些祈祷时辰之外，你不会遇到他们。

那么，让你那冥冥的殿宇的朝拜，只算个欢乐及甜柔的聚会罢。

因为假如你进入殿宇，除了请求之外，没有别的目的，你将不能被接受。

假如你进入殿宇，只为要卑屈自己，你也并不被提高。

甚至于你进入殿宇，只为他人求福，你也不被嘉纳。

只要你进到了那冥冥的殿宇，那就够了。

我不能教给你们怎样用语言祈祷。

除了他借着你的嘴唇说出的他自己的言语之外，上帝不垂听你的言语。

而且我也不能传授给你那大海、丛林和群山的祈祷。

但是你们生长在群山、丛林和大海之中的人，能在你们心中默会他们的祈祷。

假如你在夜的肃默中倾听，你会听他们在严静中说：

"我们自己的'高我'的上帝，你的意志就是我们的意志。

你的愿望就是我们的愿望。

你的神力转移了你赐给我们的黑夜，成为白日。

我们不能向你求什么，因为在我们起念之前，你已知道了我们的需要：

你是我们的需要，在你把自己已赐予我们的时候，你把一切都赐给我们了。"

逸　乐

于是有个每年进城一次的隐士，走上前来说：给我们谈逸乐。

他回答说：

逸乐是一阕自由的歌，

却不是自由。

是你的愿望所开的花朵，

却不是所结的果实。

是从深处到高处的招呼，

却不是深，也不是高。

是闭在笼中的翅翼，

却不是被围绕住的太空。

噫，实话说，逸乐只是一阕自由的歌。

我愿意你们全心全意地歌唱，我却不愿你们在歌唱中迷恋。

你们中间有些年轻的人，寻求逸乐，似乎这便是世上的一切，他们已被裁判、被谴责了。

我不要裁判、谴责他们，我要他们去寻求。

因为他们必会寻到逸乐，但不止找到她一人。

她有七个姊妹，最小的比逸乐还娇媚。

你们没听见过有人因要挖掘树根却发现了宝藏么？

你们中间有些老人，想起逸乐时总带些懊悔，如同想起醉中所犯的过失。

然而懊悔只是心灵的蒙蔽，而不是心灵的惩罚。

他们想起逸乐时应当带着感谢，如同秋收对于夏季的感谢。

但是假如懊悔能予他们以安慰，就让他们得到安慰罢。

你们中间有的不是寻求的青年人，也不是追忆的老年人；

在他们畏惧寻求与追忆之中，他们远离了一切的逸乐，他们深恐疏远了或触犯了心灵。

然而他们的放弃，就是逸乐了。

这样，他们虽用震颤的手挖掘树根，他们也找到宝藏了。

告诉我，谁能触犯心灵呢？

夜莺能触犯夜的静默么，萤火能触犯星辰么？

你们的火焰和烟气能使风觉得负载么？

你们想心灵是一池止水，你能用竿子去搅拨它么？

常常在你拒绝逸乐的时候，你只是把欲望收藏在你心身的隐处。

谁知道在今日似乎避免了的事情，等到明日不会再浮现呢？

连你的身体都知道他的遗传和正当的需要，而不肯被欺骗。

你的身体是你灵魂的琴，

无论他发出甜柔的音乐或嘈杂的声响，那都是你的。

现在你们在心中自问："我们如何辨别逸乐中的善与不善呢？"

到你的田野与花园里去，你就知道在花中采蜜是蜜蜂的娱乐，

但是，将蜜汁送给蜜蜂也是花的娱乐。

因为对于蜜蜂，花是它生命的泉源，

对于花，蜜蜂是它恋爱的使者，

对于蜂和花，两下里，娱乐的授受是一种需要与欢乐。

阿法利斯的民众呵，在娱乐中你们应当像花朵与蜜蜂。

美

于是一个诗人说：请给我们谈美。

他回答说：

你到处追求美，除了她自己做了你的道路，引导着你之外，你如何能找着她呢？

除了她做了你的言语的编造者之外，你如何能谈论她呢？

冤抑的、受伤的人说："美是仁爱的、和柔的，

如同一位年轻的母亲，在她自己的光荣中半含着羞涩，在我们中间行走。"

热情的人说："不，美是一种全能的可畏的东西。

暴风似的，撼摇了上天下地。"

疲乏的、忧苦的人说："美是温柔的微语，在我们心灵中说话。

她的声音传达到我们的寂静中，如同微晕的光，在阴影的恐惧中颤动。"

烦躁的人却说："我们听见她在万山中叫号，

与她的呼声俱来的，有兽蹄之声，振翼之音，与狮子之吼。"

在夜里守城的人说："美要与晓暾从东方一齐升起。"

在日中的时候，工人和旅客说："我们曾看见她凭倚在落日的窗户上俯视大地。"

在冬日，阻雪的人说："她要和春天一同来临，跳跃于山峰之上。"

在夏日的炎热里，刘者说："我们曾看见她与秋叶一同跳舞，我们也看见她的发中有一堆白雪。"

这些都是他们关于美的谈说，

实际上，你却不是谈她，只是谈你那未曾满足的需要，

美不是一种需要，只是一种欢乐，

她不是干渴的口，也不是伸出的空虚的手，

却是发焰的心，陶醉的灵魂。

她不是那你能看见的形象，能听到的歌声，

却是你虽闭目时也能看见的形象，虽掩耳时也能听见的歌声。

她不是犁痕下树皮中的液汁，也不是在兽爪间垂死的禽鸟，

她是一座永远开花的花园，一群永远飞翔的天使。

阿法利斯的民众呵，在生命揭露圣洁的面容的时候的美，就是生命。

但你就是生命，你也是面纱。

美是永生揽镜自照。

但你就是永生，你也是镜子。

宗　教

于是一个老道人说：请给我们谈宗教。

他说：

这一天中我曾谈过别的么？

宗教岂不是一切的功德，一切的反省，

或者那不是功德，也不是反省，只是在凿石或织布时，灵魂中永远涌溢的一种叹异、一阵惊讶么？

谁能把他的信心和行为分开，把他的信仰和事业分开呢？

谁能把时间展现在面前，说"这时间是为上帝的，那时间是为我自己的；这时间是为我灵魂的，那时间是为我肉体的"呢？

你的一切光阴都是那在太空中鼓动的翅翼，从自我飞到自我。

那穿上"道德"，只如同穿上他的最美的衣服的人，还不如赤裸着，

太阳和风不会把他的皮肤裂成洞孔。

那把他的举止范定在伦理之内的，是把善鸣之鸟囚在笼里。

最自由的歌声，不是从竹木弦线上发出的。

那以"礼拜"为窗户的人，开启而又关上，他还没有探访到他心灵之宫，那里的窗户是天天开启的。

你的日常生活，就是你的殿宇，你的宗教。

何时你进去，把你的一切都带了去。

带着犁耙和铁炉，木槌和琵琶，

这些你为着需要或怡情而制造的物件。

因为在梦幻中，你不能超升到比你的成就还高，也不至于坠落到比你的失败还低。

你也要把一切的人都带着：

因为在钦慕上，你不能飞跃得比他们的希望还高，也不能卑屈得比他们的失望还低。

假如你要认识上帝，就不要做一个解谜的人。

不如举目四望，你将看见他同你的孩子们游戏。

也观看太空；你将看见他在云中行走，在电中伸臂，在雨中降临。

你将看见他在花中微笑，在树中挥动着他的手。

死

于是爱尔美差开口了，说：现在我们愿意问"死"。

他说：

你愿知道死的奥秘。

但是除了在生命的心中寻求以外，你们怎能寻见呢？

那夜中张目的枭鸟，它的眼睛在白昼是盲瞎的，不能揭露光明的神秘。

假如你真要瞻望死的灵魂，你当对生的肉体大大地开展你的心。

因为生和死是一件事，如同江河与海洋也是一件事。

在你的希望和愿欲的深处，隐藏着你对于来生的默识；

如同种子在雪下梦想，你们的心也在梦想着春天。

信赖一切的梦境吧，因为在那里面隐藏着永生之门。

你们的怕死，只是像一个牧人，当他站在国王的座前，被御手恩抚时的战栗。

在战栗之下，牧人岂不因为他身上已有了国王的手迹而喜悦么？

可是，他岂不更注意到他自己的战栗么？

除了在风中裸立，在日下消融之外，"死"还是什么呢？

除了把呼吸从不息的潮汐中解放，使他上升，扩大，无碍地寻求上帝之外，"气绝"又是什么呢？

只在你们从沉默的河中啜饮时，才真能歌唱。

只在你们达到山巅时，你们才开始攀援。

只在大地索取你们的四肢时，你们才真正地跳舞。

言 别

现在已是黄昏了。

于是那女预言者爱尔美差说：愿这一日，这地方，与你讲说的心灵都蒙福佑。

他回答说，说那话的是我么？我不也是一个听者么？

他走下殿阶，一切的人都跟着他，他上了船，站在舱面。

转面向着大众，他提高了声音说：

阿法利斯的民众呵，风命令我离开你们了。

我虽不像风那般地迅急，我也必须去了。

我们这些漂泊者，永远地寻求更寂寞的道路，我们不在安歇的时间地点起程，朝阳与落日也不在同一地方看见我们。

大地在睡眠中时，我们仍在行路。

我们是那坚牢植物的种子，在我们的心成熟丰满的时候，就交给大风纷纷吹散。

我在你们中间的日子是很短促的，而我所说的话是更短了。

但等到我的声音在你们的耳中模糊，我的爱在你们的记忆中消灭的时候，我要重来，

我要以更丰满的心，更受灵感的唇说话。

是的，我要随着潮水归来，

虽然死要遮蔽我，更大的沉默要包围我，我却仍要寻求你们的了解。

而且我这寻求不是徒然的。

假如我所说的都是真理，这真理要在更清澈的声音中、更明白的言语里，显示出来。

阿法利斯的民众呵，我将与风同去，却不是坠入虚空；

假如这一天不是你们的需要和我的爱的满足，那就让这个算是一个应许，直到践言的一天。

人的需要会变换，但他的爱是不变的，他的"爱必须满足需要"的愿望，也是不变的。

所以你要知道，我将在更大的沉默中归来。

那在晓光中消散，只留下露水在田间的烟雾，是要上升凝聚在云中，化雨下降。

我也未尝不像这烟雾。

在夜的寂静中，我曾在你们的街市上行走，我的心魂曾进入你们的院宅，

你们的心跳曾在我的心中，你们的呼吸曾在我的脸上，我都认识你们。

是的，我知道你们的喜乐与哀痛，在你们的睡眠中，你们的梦就是我的梦。

我在你们中间常像山间的湖水。

我照见了你们的高峰与峭崖，以及你们思想和愿望的徘徊的云影。

你们的孩子的欢笑，和你们的青年的想慕，都溪泉似的流到我的寂静之中。

当它流入我心中深处的时候，这溪泉仍是不停地歌唱。

但还有比欢笑更甜柔，比想慕还伟大的东西流到。

那是你们身中的"无穷性"；

你们在这"巨人"里面，都不过是血脉与筋腱，

在他的吟诵中，你们的歌音只不过是无声的颤动。

只因为在这巨人里，你们才伟大。

我因为关心他，才关心你们，怜爱你们。

因为若不是在这阔大的空间里，"爱"能达到多远呢？

有什么幻象、什么期望、什么臆断能够无碍地高翔呢？

在你们本性中的巨人，如同一株缘满苹花的大橡树。

他的神力把你们缠系在地上，他的香气把你们超升入高空，在他的"永存"之中，你们永不死。

你们曾听说过，像一条锁链，你们是脆弱的链环中最脆弱的一环。

但这不完全是真的。你们也是坚牢的链环中最坚牢的一环。

以你们最小的事功来衡量你们，如同用柔弱的泡沫，来核计大海的威权。

以你们的失败来论断你们，就是怨责四季之常变。

是呵，你们是像大海，

那重载的船舶，停在你们的岸边待潮。你们虽似大海，也不能催促你们的潮水。

你们也像四季，

虽然你们在冬天的时候，拒绝了春日，

你们的春日，和你们一同静息，他在睡中微笑，并不怨嗔。

不要想我说这话是要使你们彼此说："他夸奖得好，他只看见我们的好处。"

我不过用言语说出你们意念中所知道的事情。

言语的知识不只是无言的知识的影子么？

你们的意念和我的言语，都是从封缄的记忆里来的波浪，这记忆是保存下来的我们的昨日，

也是大地还不认识我们也不认识她自己、正在混沌中受造的太古的白日和黑夜的记录。

哲人们曾来过，将他们的智慧给你们。我来却是领取你们的智慧：

要知道我找到了比智慧更伟大的东西。

那就是你们心里愈聚愈旺的火焰似的心灵，

你们却不关心他的发展，只哀悼你们岁月的凋残。

那是生命在宇宙的大生命中寻求扩大，而躯壳却在恐惧坟墓。

这里没有坟墓。

这些山岭和平原只是摇篮和垫脚石，

无论何时你们从祖宗坟墓上走过，你们若留意，你们就会看见你们自己和子女们在那里携手跳舞。

真的，你们常在不知晓中作乐。

别人曾来到这里，为了他们在你们信仰上的黄金般的应许，你们所付与的只是财富、权力与光荣。

我所给予的还不及应许，而你们待我却更慷慨。

你们将生命的更深的渴求给予了我。

真的，对那把一切目的变作枯唇，把一切生命变作泉水的人，没有比这个更大的礼物了。

这便是我的荣誉和报酬——

当我到泉边饮水的时候，我觉得那流水也在渴着；

我饮水的时候，水也饮我。

你们中有人责备我在领受礼物上是太狷傲、太羞怯了。

在领受劳金上我是太骄傲了，在领受礼物上却不如此。

虽然在你们请我赴席的时候，我却在山中采食浆果，

在你们款留我的时候，我却在寺院的廊下睡眠，

但岂不是你们对我的日夜的关怀，使我的饮食有味，使我的魂梦甜妙么？

为此我最要祝福你们：

你们给予了许多，却不知道你们已经给予。

真的，"慈悲"自己看镜的时候，变成石像，

"善行"自赐嘉名的时候，变成了咒诅的根源。

你们中有人说我高傲，与我自己的"孤独"对饮，

你们也说过："他与山林谈论却不同人说话。

他独自坐在山巅，俯视我们的城市。"

我确曾攀登高山，孤行远地。

但除了在更高更远之处，我怎能看见你们呢？

除了相远之外，人们怎能相近呢？

还有人在沉默中对我呼唤，他们说：

"异乡人，异乡人，'至高'的爱慕者，为什么你住在那鹰鸟作巢的山峰上呢？

为什么你要追求那不能达到的事物呢？

在你的窝巢中，你要网罗甚样的风雨，

要捕取天空中哪一种的虚幻的飞鸟呢？

加入我们罢。

你下来用我们的面包充饥，用我们的醇酒解渴罢。"

在他们灵魂的静默中，他们说了这些话；

但是他们若再静默些，他们就知道我所要网罗的，只是你们的喜乐和哀痛的奥秘，

我所要捕取的，只是你们在天空中飞行的"大我"。

但是猎者也曾是猎品：

因为从我弓上射出的箭矢，有许多只是瞄向我自己的胸膛。

并且那飞翔者也曾是爬行者；

因为我的翅翼在日下展开的时候，在地上的影儿是一个

龟鳖。

我是信仰者也曾是怀疑者；

因为我常常用手指抚触自己的伤痕，使我对你们有更大的信仰与认识。

凭着这信仰与认识，我说：

你们不是幽闭在躯壳之内，也不是禁锢在房舍与田野之中。

你们的"真我"是住在云间，与风同游。

你们不是在日中匍匐取暖，在黑暗里钻穴求安的一只动物，

却是一件自由的物事，一个包涵大地在"以太"中运行的魂灵。

如果这是模棱的言语，就不必寻求把这些话弄明白。

模糊与混沌是万物的起始，却不是终结，

我愿意你们当我是个起始。

生命，与一切有生，都隐藏在烟雾里，不在水晶中。

谁知道水晶就是凝固的云雾呢？

在忆念我的时候，我愿你们记着这个：

你们心中最软弱、最迷乱的，就是那最坚强、最坚决的。

不是你的呼吸使你的骨骼竖立坚强么？

不是一个你觉得从未做过的梦，建造了你的城市，形成了城中的一切么？

你如能看见你呼吸的潮汐，你就看不见别的一切，

你如能听见那梦想的微语，你就听不见别的声音。

你看不见，也听不见，这却是好的。

那蒙在你眼上的轻纱，也要被包扎这纱的手揭去；

那塞在你耳中的泥土，也要被那填塞这泥土的手指戳穿。

你将要看见，

你将要听见。

你不为曾经失明而悲痛，你也不为曾经聋聩而悲悔。

因为在那时候，你要知道万物的潜隐的目的，

你要祝福黑暗，如同祝福光明一样。

他说完这些话，举目四顾，他看见他船上的舵工凭舵而立，凝视着那涨满的风帆，又望着无际的天末。

他说：

耐心的，我的船主是太耐心的了。

大风吹着，帆篷也烦躁了；

连船舵也急要起程；

我的船主却静候着我说完话。

我的水手们，听见了那更大的海的啸歌，他们也耐心地听着我。

现在他们不能再等待了。

我预备好了。

山泉已流入大海，那伟大的母亲又将他的儿子抱在胸前。

别了，阿法利斯的民众呵。

这一天完结了。

他在我们心上闭合，如同一朵莲花在她自己的"明日"上合闭。

在这里所付与我们的，我们要保藏起来，

如果这还不够，我们还必须重聚，齐向那给予者伸手。

不要忘了我还要回到你们这里来。

一会儿的工夫，我的"愿望"又要聚些泥土，形成另一个躯壳。

一会儿的工夫，在风中休息片刻，另一个妇人又要孕怀着我。

我向你们，和我曾在你们中度过的青春告别了。

不过是昨天，我们曾在梦中相见。

在我的孤寂中，你们曾对我歌唱，因着你们的渴慕，我曾在空中建立了一座高塔。

但现在我们的睡眠已经飞走，我们的梦想已经过去，也不是破晓的时候了。

中天的日影正照着我们，我们的半醒已变成了完满的白日，我们必须分手了。

如果在记忆的朦胧中，我们再要会见，我们再在一起谈论，你们也要对我唱更深沉的歌曲。

如果在另一梦中，我们要再握手，我们要在空中再筑一座高塔。

说着话，他向水手们挥手作势，他们立刻拔起锚儿，放开船儿，向东驶行。

从人民口里发出的同心的悲号，在尘沙中飞扬，在海面上奔越，如同号筒的声响。

只有爱尔美差静默着，凝望着，直至那船渐渐消失在烟雾之中。

大众都星散了，她仍独自站在海岸上，在她的心中忆念着他
所说的：

"一会儿的工夫，在风中休息片刻，另一个妇人又要孕怀
着我。"

冰心　译

Part Two

沙与沫

沙与沫

我永远在沙岸上行走，
在沙土和泡沫的中间。
高潮会抹去我的脚印，
风也会把泡沫吹走。
但是海洋和沙岸
却将永远存在。

我曾抓起一把烟雾。
然后我伸掌一看，哎哟，烟雾变成一个虫子。
我把手握起再伸开一看，手里却是一只鸟。
我再把手握起又伸开，在掌心里站着一个容颜忧郁、向天仰首的人。
我又把手握起，当我伸掌的时候，除了烟雾以外，一无所有。
但是我听到了一支绝顶甜柔的歌曲。

仅仅在昨天，我认为我自己只是一个碎片，无韵律地在生命的穹苍中颤抖。

现在我晓得，我就是那穹苍，一切生命都是在我里面有韵律地转动的碎片。

他们在觉醒的时候对我说："你和你所居住的世界，只不过是无边海洋的无边沙岸上的一粒沙子。"

在梦里我对他们说："我就是那无边的海洋，大千世界只不过是我的沙岸上的沙粒。"

只有一次把我窘得哑口无言，就是当一个人问我"你是谁"的时候。

想到神的第一个念头是一个天使。

说到神的第一个字眼是一个人。

我们是有海洋以前千万年的扑腾着、飘游着、追求着的生物，森林里的风把语言给予了我们。

那么我们怎能以昨天的声音来表现我们心中的远古年代呢？

斯芬克斯只说过一次话。斯芬克斯说："一粒沙子就是一片沙漠，一片沙漠就是一粒沙子。现在再让我们沉默下去吧。"

我听到了斯芬克斯的话，但是我不懂得。

我看到过一个女人的脸，我就看到了她所有的还未生出的儿女。

一个女人看了我的脸，她就认得了在她生前已经死去的我的历代祖宗。

我想使自己完满起来。但是除非我能变成一个上面住着理智的生物的星球，此外还有什么可能呢？

这不是每一个人的目标吗？

一粒珍珠是痛苦围绕着一粒沙子所建造起来的庙宇。

是什么愿望围绕着什么样的沙粒，建造起我们的躯体呢？

当神把我这块石子丢在奇妙的湖里的时候，我以无数的圈纹扰乱了它的表面。

但是当我落到深处的时候，我就变得十分安静了。

给我静默，我将向黑夜挑战。

当我的灵魂和肉体由相爱而结婚的时候，我就得到了重生。

从前我认识一个听觉极其锐敏的人，但是他不能说话。在一场战役中他丧失了舌头。

现在我知道在这伟大的沉默来到以前，这个人打过的是什么样的仗。我为他的死亡而高兴。

这广阔的世界对我们两个人也是不够大的。

我在埃及的沙土上躺了很久，沉默着，而且忘却了季节。

然后太阳把生命给了我，我起来，在尼罗河岸上行走。

和白天一同唱歌，和黑夜一同做梦。

现在太阳又用一千只脚在我身上践踏，让我再在埃及的沙土上躺下。

但是，请看一个奇迹和一个谜吧！

那个把我聚集起来的太阳，不能把我打散。

我依旧挺立着，我以稳健的步履在尼罗河岸上行走。

记忆是相会的一种形式。

忘记是自由的一种形式。

我们依据无数太阳的运转来测定时间；

他们以他们口袋里的小小的机器来测定时间。

那么请告诉我，我们怎能在同一的地点和同一的时间相会呢？

对于从银河的窗户里下望的人，空间就不是地球与太阳之间的空间了。

人性是一条光河，从永久以前流到永久。

难道在"以太"里居住的精灵，不妒羡世人的痛苦吗？

在到圣城去的路上，我遇到另一位香客，我问他："这条就是到圣城去的路吗？"

他说："跟我来吧，再有一天一夜就到达圣城了。"

我就跟随他。我们走了几天几夜，还没有走到圣城。

使我惊讶的是，他带错了路，反而对我大发脾气。

神呵，让我做狮子的猎物，要不就让兔子做我的猎物吧。

除了通过黑夜的道路，人们不能到达黎明。

我的房子对我说："不要离开我，因为你的过去住在这里。"

道路对我说："跟我来吧，因为我是你的将来。"

我对我的房子和道路说："我没有过去，也没有将来。如果我住下来，我的住中就有去；如果我去，我的去中就有住。只有爱和死才能改变一切。"

当那些睡在绒毛上面的人所做的梦，并不比睡在土地上的人的梦更美好的时候，我怎能对生命的公平失掉信心呢？

奇怪得很，对某些娱乐的愿望，也是我的痛苦的一部分。

曾有七次我鄙视了自己的灵魂：

第一次是在她可以上升而却谦让的时候。

第二次是我看见她在瘸者面前跛行的时候。

第三次是让她选择难易，而她选了易的时候。

第四次是她做错了事，却安慰自己说别人也同样做错了事。

第五次是她容忍了软弱，而把她的忍受称为坚强。

第六次是当她轻蔑一个丑恶的容颜的时候，却不知道那是她自己的面具中之一。

第七次是当她唱一首颂歌的时候，自己相信这是一种美德。

我不知道什么是绝对的真理。但是我对于我的无知是谦虚的，这其中就有了我的荣誉和报酬。

在人的幻想和成就中间有一段空间，只能靠他的热望来通过。

天堂就在那边，在那扇门后，在隔壁的房里；但是我把钥匙丢了。

也许我只是把它放错了地方。

你瞎了眼睛，我是又聋又哑，因此让我们握起手来互相了解吧。

一个人的意义不在于他的成就，而在于他所企求成就的东西。

我们中间，有些人像墨水，有些人像纸张。

若不是因为有些人是黑的话，有些人就成了哑巴。

若不是因为有些人是白的话，有些人就成了瞎子。

给我一只耳朵，我将给你以声音。

我们的心才是一块海绵；我们的心怀是一道河水。

然而我们大多宁愿吸收而不肯奔流，这不是很奇怪吗？

当你想望着无名的恩赐，怀抱着无端的烦恼的时候，你就真和一切生物一同长大，升向你的大我。

当一个人沉醉在一个幻象之中，他就会把这幻象的模糊的情味当作真实的酒。

你喝酒为的是求醉；我喝酒为的是要从别种的醉酒中清醒过来。

当我的酒杯空了的时候，我就让它空着；但当它半满的时候，我却恨它半满。

一个人的实质，不在于他向你显露的那一面，而在于他所不能向你显露的那一面。

因此，如果你想了解他，不要去听他说出的话，而要去听他的没有说出的话。

我说的话有一半是没有意义的；我把它说出来，为的是也许会让你听到其他的一半。

幽默感就是分寸感。

当人们夸奖我多言的过失，责备我沉默的美德的时候，我的寂寞就产生了。

当生命找不到一个歌唱家来唱出她的心情的时候，她就产生一个哲学家来说出她的心思。

真理是长久被人知道的，有时被人说出的。

我们的真实的我是沉默的，后天的我是多嘴的。

我的生命内的声音达不到你的生命内的耳朵；但是为了避免寂寞，就让我们交谈吧。

当两个女人交谈的时候，她们什么话也没有说；当一个女人自语的时候，她揭露了生命的一切。

青蛙也许会叫得比牛更响，但是它们不能在田里拉犁，也不会在酒坊里牵磨，它们的皮也做不出鞋来。

只有哑巴才妒忌多嘴的人。

如果冬天说，"春天在我的心里"，谁会相信冬天呢？

每一粒种子都是一个愿望。

如果你真的睁起眼睛来看，你会从每一个形象中看到你自己的形象。

如果你张开耳朵来听，你会在一切声音里听到你自己的声音。

真理是需要我们两个人来发现的：一个人来讲说它，一个人来了解它。

虽然言语的波浪永远在我们上面喧哗，而我们的深处却永远是沉默的。

许多理论都像一扇窗户，我们通过它看到真理，但是它也把我们同真理隔开。

让我们玩捉迷藏吧。你如果藏在我的心里，就不难把你找到。但是如果你藏到你的壳里去，那么任何人也找不到你的。

一个女人可以用微笑把她的脸蒙了起来。

那颗能够和欢乐的心一同唱出欢歌的忧愁的心，是多么高贵呵。

想了解女人，或分析天才，或想解答沉默人的神秘，就是那个想从一个美梦中挣扎醒来坐到早餐桌上的人。

我愿意同走路的人一同行走。我不愿站住看着队伍走过。

对于服侍你的人，你欠他的还不只是金子。把你的心交给他或是服侍他吧。

没有，我们没有白活。他们不是把我们的骨头堆成堡垒了吗？

我们不要挑剔计较吧。诗人的心思和蝎子的尾巴，都是从同一块土地上光荣地升起的。

每一条毒龙都产生出一个屠龙的圣乔治来。

树木是大地写上天空中的诗。我们把它们砍下造纸，让我们可以把我们的空洞记录下来。

如果你要写作（只有圣人才晓得你为什么要写作），你必须有知识、艺术和魔术——字句的音乐的知识，不矫揉造作的艺术，和热爱你读者的魔术。

他们把笔蘸在我们的心怀里，就认为他们已经得了灵感了。

如果一棵树也写自传的话，它不会不像一个民族的历史。

如果我在"写诗的能力"和"未写成诗的欢乐"之间选择的话，我就要选那欢乐。因为欢乐是更好的诗。
但是你和我所有的邻居，都一致地说我总是不会选择。

诗不是一种表白出来的意见。它是从一个伤口或是一个笑口涌出的一首歌曲。

言语是没有时间性的。在你说它或是写它的时候，应该懂得它的特点。

诗人是一个退位的君王，坐在他的宫殿的灰烬里，想用残灰捏出一个形象。

诗是欢乐、痛苦和惊奇穿插着词汇的一场交道。

一个诗人要想寻找他心里诗歌的母亲的话，是徒劳无功的。

我曾对一个诗人说："不到你死后我们不会知道你的评价。"
他回答说："是的，死亡永远是个揭露者。如果你真想知道我的评价，那就是我心里的比舌上的多，我所愿望的比手里现有的多。"

如果你歌颂美，即使你是在沙漠的中心，你也会有听众。

诗是迷醉心怀的智慧。

智慧是心思里歌唱的诗。
如果我们能够迷醉人的心怀，同时也在他的心思中歌唱，
那么他就真个地在神的影中生活了。

灵感总是歌唱；灵感从不解释。

我们常为使自己入睡而对我们的孩子唱催眠的歌曲。
我们的一切字句，都是从心思的筵席上散落下来的残屑。

思想对于诗往往是一块绊脚石。
能唱出我们的沉默的，是一个伟大的歌唱家。

如果你嘴里含满了食物，你怎能歌唱呢？

如果你手里握满金钱，你怎能举起祝福之手呢？

他们说夜莺唱着恋歌的时候，把刺扎进自己的心膛。
我们也都是这样的。不这样，我们还能歌唱吗？

天才只不过是晚春开始时节知更鸟所唱的一首歌。

连那最高超的心灵，也逃不出物质的需要。

疯人作为一个音乐家并不比你我逊色，不过他所弹奏的乐器
有点失调而已。

在母亲心里沉默着的诗歌，在她孩子的唇上唱了出来。

没有不能圆满的愿望。

我和另外一个我，从来没有完全一致过。事物的实质似乎横
亘在我们中间。
你的另外一个你总是为你难过。但是你的另外一个你就在难
过中成长；那么就一切都好了。

除了在那些灵魂熟睡、躯壳失调的人的心里之外，灵魂和躯
壳之间是没有斗争的。

当你达到生命的中心的时候，你将在万物中甚至于在看不见

美的人的眼睛里，也会找到美。

我们活着只为的是去发现美。其他一切都是等待的种种形式。

撒下一粒种子，大地会给你一朵花。向天祝愿一个梦想，天空会给你一个情人。

你生下来的那一天，魔鬼就死去了。你不必经过地狱去会见天使。

许多女子借到了男子的心；很少女子能占有它。

如果你想占有，你千万不可要求。

当一个男子的手接触到一个女子的手的时候，他俩都接触到了永在的心。

爱情是情人之间的面幕。

每一个男子都爱着两个女人：一个是他想象的作品，另外一个还没有生下来。

不肯原谅女人的细微过失的男子，永远不会欣赏她们伟大的德性。

不日日自新的爱情，变成一种习惯，而终于变成奴役。

情人只拥抱了他们之间的一种东西，而没有互相拥抱。

恋爱和疑忌是永不交谈的。

爱情是一个光明的字，被一只光明的手写在一张光明的册页上的。

友谊永远是一个甜柔的责任，从来不是一种机会。

如果你不在所有的情况下了解你的朋友，你就永远不会了解他。

你的最华丽的衣袍是别人织造的；

你的最可口的一餐是在别人的桌上吃的；

你的最舒适的床铺是在别人的房子里的。

那么请告诉我，你怎能把自己同别人分开呢？

你的心思和我的心怀将永远不会一致，除非你的心思不再居留于数字中，而我的心怀不再居留在云雾里。

除非我们把语言减少到七个字，我们将永不会互相了解。

我的心，除了把它敲碎以外，怎能把它打开呢？

只有深哀和极乐才能显露你的真实。

如果你愿意被显露出来，你必须在阳光中裸舞，或是背起你的十字架。

如果自然听到了我们所说的知足的话语，江河就不去寻求大海，冬天就不会变成春天。

如果她听到我们所说的一切吝啬的话语，我们有多少人可以呼吸到空气呢？

当你背向太阳的时候，你只看到自己的影子。

你在白天的太阳前面是自由的，在黑夜的星辰前面也是自由的；

在没有太阳，没有月亮，没有星辰的时候，你也是自由的。

就是在你对世上一切闭起眼睛的时候，你也是自由的。

但是你是你所爱的人的奴隶，因为你爱了他。

你也是爱你的人的奴隶，因为他爱了你。

我们都是寺院门前的乞丐，当国王进出寺院门的时候，我们每人都分受到恩赏。

但是我们都互相妒忌，这是轻视国王的另一种方式。

你不能吃得多过你的食欲。那一半食粮是属于别人的，而且也还要为不速之客留下一点面包。

如果不为待客的话，所有的房屋都成了坟墓。

和善的狼对天真的羊说："你不光临寒舍吗？"

羊回答说："我们将以造访贵府为荣，如果贵府不是在你肚子里的话。"

我把客人拦在门口说："不必了，在出门的时候再擦脚吧，进门的时候是不必擦的。"

慷慨不是你把我比你更需要的东西给我，而是你把你比我更需要的东西也给了我。

当你施与的时候你当然是慈善的，在授与的时候要把脸转过一边。这样就可以不看那受者的羞赧。

最富与最穷的人的差别，只在于一整天的饥饿和一个钟头的干渴。

我们常常从我们的明天预支了来偿付我们昨天的债负。

我也曾受过天使和魔鬼的造访，但是我都把他们支走了。

当天使来的时候，我念一段旧的祷文，他就厌烦了；

当魔鬼来的时候，我犯一次旧的罪过，他就从我面前走过了。

总的说来，这不是一所坏监狱；我只不喜欢在我的囚房和隔壁囚房之间的这堵墙；

但是我对你保证，我决不愿责备狱吏和建造这监狱的人。

你向他们求鱼而却给你毒蛇的那些人，也许他们只有毒蛇可给。那么在他们一方面就算是慷慨的了。

欺骗有时成功，但它往往自杀。

当你饶恕那些从不流血的凶手，从不窃盗的小偷，不打诳语的说谎者的时候，你就真是一个宽大的人。

谁能把手指放在善恶分野的地方，谁就是能够摸到上帝圣袍的边缘的人。

如果你的心是一座火山的话，你怎能指望会从你的手里开出花朵来呢？

多么奇怪的一个自欺的方式！有时我宁愿受到损害和欺骗，好让我嘲笑那些以为我不知道我是被损害、欺骗了的人。

对于一个扮作被追求者的角色的追求者，我该怎么说他呢？

让那个把脏手擦在你衣服上的人，把你的衣服拿走吧。他也许还需要那件衣服，你却一定不会再要了。

兑换商不能做一个好园丁，真是可惜。

请你不要以后天的德行来粉饰你的先天的缺陷。我宁愿有缺陷，这些缺陷归我所有。

有多少次我把没有犯过的罪都拉到自己身上，为了让人家在我面前感到舒服。

就是生命的面具，也都是更深的奥秘的面具。
你可能只根据自己的了解去判断别人。
现在告诉我，我们里头谁是有罪的，谁是无辜的。
真正公平的人就是对你的罪过感到应该分担的人。

只有白痴和天才，才会去破坏人造的法律，他们离上帝的心最近。

只在你被追逐的时候，你才快跑。

我没有仇人，上帝啊！如果我会有仇人的话，
就让他和我势均力敌，
只让真理做一个战胜者。

当你和敌人都死了的时候，你就会和他十分友好了。

一个人在自卫的时候可能自杀。

很久以前一个"人"，因为过于爱别人，也因太可爱了，而

被钉在十字架上。

说来奇怪，昨天我碰到他三次。

第一次是他恳求一个警察不要把一个妓女关到监牢里去；第二次是他和一个无赖一块喝酒；第三次是他在教堂里和一个法官拳斗。

如果他们所谈的善恶都是正确的话，那么我的一生只是一个长时间的犯罪。

怜悯只是半个公平。

过去唯一对我不公平的人，就是那个我曾对他的兄弟不公平的人。

当你看见一个人被带进监狱的时候，在你心中默默地说："也许他是从更狭小的监狱里逃出来的。"

当你看见一个人喝醉了的时候，在你心中默默地说："也许他想躲避某些更不美好的事物。"

在自卫中我常常憎恨；但是如果我是一个比较坚强的人，我就不必使用这样的武器。

用唇上的微笑来遮掩眼里的憎恨的人，是多么愚蠢啊！

只有在我以下的人，能忌妒我或憎恨我。

我从来没有被忌妒或被憎恨过，我不在任何人之上。

只有在我以上的人，能称赞我或轻蔑我。

我从来没有被称赞或被轻蔑过，我不在任何人之下。

你对我说"我不了解你"，这就是过分地赞扬了我，无故地侮辱了你。

当生命给我金子而我给你银子的时候，我还自以为慷慨，这是多么卑鄙呵！

当你达到生命心中的时候，你会发现你不高过罪人，也不低于先知。

奇怪的是，你竟可怜那脚下慢的人，而不可怜那心里慢的人。

可怜那盲于目的人，而不可怜那盲于心的人。

瘸子不在他敌人的头上敲断他的拐杖，是更聪明些的。

那个认为从他的口袋里给你，可以从你心里取回的人，是多么糊涂呵！

生命是一支队伍。迟慢的人发现队伍走得太快了，他就走出队伍；

快步的人又发现队伍走得太慢了，他也走出队伍。

如果世上真有罪孽这件东西的话，我们中间有的人是跟着我们祖先的脚踪，倒退着造孽。

有的人是管制着我们的儿女，赶前地造孽。

真正的好人，是那个和所有的大家认为坏的人在一起的人。

我们都是囚犯，不过有的是关在有窗的牢房里，有的就关在无窗的牢房里。

奇怪的是，当我们为错误辩护的时候，我们用的气力比我们捍卫正确时还大。

如果我们互相供认彼此的罪过的话，我们就会为大家并无新创而互相嘲笑。

如果我们都公开了我们的美德的话，我们也将为大家并无新创而大笑。

一个人是在人造的法律之上，直到他犯了抵触人造的惯例的罪；

在此以后，他就不在任何人之上，也不在任何人之下。

政府是你和我之间的协定。你和我常常是错误的。

罪恶是需要的别名，或是疾病的一种。

还有比意识到别人的过失还大的过失吗？

如果别人嘲笑你，你可以怜悯他；但是如果你嘲笑他，你决不可自恕。

如果别人伤害你，你可以忘掉它；但是如果你伤害了他，你须永远记住。

实际上别人就是最敏感的你，附托在另一个躯壳上。

你要人们用你的翅翼飞翔而却连一根羽毛也拿不出的时候，你是多么轻率呵。

从前有人坐在我的桌上，吃我的饭，喝我的酒，走时还嘲笑我。

以后他再来要吃要喝，我不理他；

天使就嘲笑我。

憎恨是一件死东西，你们有谁愿意做一座坟墓？

被杀者的光荣就要他不是凶手。

人道的保护者是在它沉默的心怀中，从不在它多言的心思里。

他们认为我疯了，因为我不肯拿我的光阴去换金钱；

我认为他们是疯了，因为他们以为我的光阴是可以估价的。

他们把最昂贵的金子、银子、象牙和黑檀排列在我们的面前，我们把心胸和气魄排列在他们的面前。

而他们却自称为主人，把我们当作客人。

我宁可做人类中有梦想和有完成梦想的愿望的、最渺小的人，而不愿做一个最伟大的、无梦想、无愿望的人。

最可怜的人是把他的梦想变成金银的人。

我们都在攀登自己心愿的高峰。如果另一个登山者偷了你的粮袋和钱包，而把粮袋装满了，钱包也加重了，你应当可怜他；

这攀登将为他的肉体增加困难，这负担将加长他的路程。

如果在你消瘦的情况下，看到他的肉体膨胀着往上爬，帮他一步。这样做会增加你的速度。

你不能超过你的了解去判断一个人，而你的了解是多么浅薄呵。

我决不去听一个征服者对被征服的人的说教。

真正自由的人是忍耐地背起奴隶的负担的人。

千年以前，我的邻人对我说："我恨生命，因为它只是一件痛苦的东西。"

昨天我走过一座坟园，我看见生命在他的坟上跳舞。

自然界的竞争不过是混乱渴望着秩序。

孤寂是吹落我们枯枝的一阵无声的风暴；

但是它把我们活生生的根芽，更深地送进活生生的大地的活生生的心里。

我曾对一条小溪谈到大海，小溪认为我只是一个幻想的夸张者；

我也曾对大海谈到小溪，大海认为我只是一个低估的诽谤者。

把蚂蚁的忙碌捧得高于蚱蜢的歌唱的眼光，是多么狭仄呵！

这个世界里的最高德行，在另一个世界也许是最低的。

深和高在直线上走到深度和高度；只有广阔能在圆周里运行。

如果不是因为我们有了重量和长度的观念，我们站在萤火光前也会同在太阳面前一样的敬畏。

一个没有想象力的科学家，好像一个拿着钝刀和旧秤的屠夫。

但既然我们不全是素食者，那么你该怎么办呢？

当你歌唱的时候，饥饿的人就用他的肚子来听。

死亡和老人的距离并不比和婴儿的距离更近，生命也是如此。

假如你必须直率地说的话，就直率得漂亮一些；要不就沉默下来，因为我们邻近有一个人快死了。

人间的葬礼也可能是天上的婚筵。

一个被忘却的真实可能死去，而在它的遗嘱里留下七千条的实情实事，作为料理丧事和建造坟墓之用。

实际上我们只对自己说话，不过有时我们说得大声一点，使得别人也能听见。

显而易见的东西是：在被人简单地表现出来之前，从不被人看到的。

假如银河不在我的意识里，我怎能看到它或了解它呢？

除非我是医生群中的一个医生，他们不会相信我是一个天文学家的。

也许大海给贝壳下的定义是珍珠。
也许时间给煤炭下的定义是钻石。

荣名是热情站在阳光中的影子。

花根是鄙弃荣名的花朵。

在美之外没有宗教，也没有科学。

我所认得的大人物的性格中都有些渺小的东西；就是这些渺小的东西，阻止了懒惰、疯狂或者自杀。

真正伟大的人是不压制人也不受人压制的人。

我决不因为那个人杀了罪人和先知，就相信他是中庸的。

容忍是和高傲狂害着相思的一种病症。

虫子是会弯曲的，但是连大象也会屈服，不是很奇怪吗？

一场争论可能是两个心思之间的捷径。

我是烈火，我也是枯枝，一部分的我消耗了另一部分的我。

我们都在寻找圣山的顶峰；假如我们把过去当作一张图表而不作为一个向导的话，我们的路程不是可以缩短吗？

当智慧骄傲到不肯哭泣，庄严到不肯欢笑，自满到不肯看人的时候，就不成为智慧了。

如果我把你所知道的一切，把自己填满的话，我还能有余地来容纳你所不知道的一切吗？

我从多话的人那里学到了静默，从褊狭的人那里学到了宽容，从残忍的人那里学到了仁爱，但奇怪的是我对于这些老师并不感激。

执拗的人是一个极聋的演说家。

忌妒者的沉默是太吵闹了。

当你达到你应该了解的终点的时候，你就处在你应该感觉的起点。

夸张是发了脾气的真理。

假如你只能看到光所显示的，只能听到声所宣告的，
那么实际上你没有看，也没有听。
一件事实是一条没有性别的真理。

你不能同时又笑又冷酷。

离我心最近的是一个没有国土的国王和一个不会求乞的穷人。

一个羞赧的失败比一个骄傲的成功还要高贵。

在任何一块土地上挖掘你都会找到珍宝，不过你应该以农民的信心去挖掘。

一只被二十个骑士和二十条猎狗追逐着的狐狸说："他们当然会打死我。但他们准是很可怜很笨拙的。假如二十只狐狸骑着二十头驴子带着二十只狼去追打一个人的话，那真是不值得的。"

是我们的心思屈服于我们自制的法津之下，我们的精神是从不屈服的。

我是一个旅行者，也是一个航海者，我每天在我的灵魂中发现一个新的王国。

一个女人抗议说："当然那是一场正义的战争。我的儿子在这场战争中牺牲了。"

我对生命说："我要听死亡说话。"
生命把自己的声音提高一点说："现在你听到他说话了。"

当你解答了生命的一切奥秘，你就渴望死亡，因为它不过是生命的另一奥秘。

生与死是勇敢的两种最高贵的表现。

我的朋友，你和我对于生命将永远是个陌生者，
我们彼此也是陌生者，对自己也是陌生者，
直到你要说、我要听的那一天，
把你的声音作为我的声音；
当我站在你的面前，觉得我是站在镜前的时候。

他们对我说："你能自知，你就能了解所有的人。"
我说："只有我寻求所有的人，我才能自知。"

一个人有两个我，一个在黑暗里醒着，一个在光明中睡着。

隐士是遗弃了一部分世界，使他可以无惊无扰地享受着整个世界。

在学者和诗人之间伸展着一片绿野；如果学者走过去，他就成了圣贤；如果诗人走过来，他就成了先知。

昨天我看见哲学家们把他们的头颅装在篮子里，在市场上高声叫卖："智慧，卖智慧咯！"

可怜的哲学家！他们必须出卖他们的头来喂养他们的心。

一个哲学家对一个清道夫说："我可怜你，你的工作又苦又脏。"

清道夫说："谢谢你，先生。请告诉我，你做什么工作？"

哲学家回答说："我研究人的心思、行为和愿望。"

清道夫一面扫街一面微笑着说："我也可怜你。"

听真理的人并不弱于讲真理的人。

没有人能在需要与奢侈之间划一条界线。只有天使能这样做，天使是明智而热切的。

也许天使就是我们在太空中的更高尚的思想。

在托钵僧的心中找到自己的宝座的是真正的王子。

慷慨是超过自己能力的施与，自尊是少于自己需要的接受。

实际上你不欠任何人的债。你欠所有的人一切的债。

从前生活过的人现在都和我们一起活着。我们中间当然没有人愿意做一个慢客的主人。

想望得最多的人活得最长。

他们对我说："十鸟在树不如一鸟在手。"

我却说："一鸟一羽在树胜过十鸟在手。"

你对那根羽毛的追求，就是脚下生翼的生命；不，它就是生命的本身。

世界上只有两个原素，美和真；美在情人的心中，真在耕者的臂里。

伟大的美俘虏了我，但是一个更伟大的美居然把我从掌握中释放了。

美在想望它的人的心里比在看到它的人的眼里，放出更明亮的光彩。

我爱慕那对我倾诉心怀的人，我尊重那对我披露梦想的人。但是为什么在服侍我的人面前，我却腼腆，甚至于带些羞愧呢？

天才曾以能侍奉王子为荣。
现在他们以侍奉贫民为荣。

天使们晓得，有过多的讲实际的人，就着梦想者眉间的汗，吃他们的面包。

风趣往往是一副面具。你如能把它扯了下来，你将发现一个被激恼了的才智，或是在变着戏法的聪明。

聪明把聪明归功于我，愚钝把愚钝归罪于我。我想他俩都是对的。

只有自己心里有秘密的人才能参透我们心里的秘密。

只能和你同乐不能和你共苦的人，丢掉了天堂七个门中的一把钥匙。

是的，世界上是有涅槃；它是在把羊群带到碧绿的牧场的时候，在哄着你孩子睡觉的时候，在写着你的最后一行诗句的时候。

远在体验到它们以前，我们就已经选择了我们的欢乐和悲哀了。

忧愁是两座花园之间的一堵墙壁。

当你的欢乐和悲哀变大的时候，世界就变小了。

愿望是半个生命，淡漠是半个死亡。

我们今天的悲哀里最苦的东西，是我们昨天的欢乐的回忆。

他们对我说："你必须在今生的欢娱和来世的平安之中作个选择。"

我对他们说："我已选择了今生的愉快和来世的安宁。因为我心里知道那最伟大的诗人只写过一首诗，而这首诗是完全合乎音节韵律的。"

信仰是心中的绿洲，思想的骆驼队是永远走不到的。

当你求达你的高度的时候，你将想望，但要只为想望而想望；你应为饥饿而热望；你应为更大的干渴而渴望。

假如你对风泄露了你的秘密，你就不应当去责备风对树林泄露了秘密。

春天的花朵是天使们在早餐桌上所谈论的冬天的梦想。

鼬鼠对月下香说："看我跑得多快，你却不能走，也不会爬。"

月下香对鼬鼠说："嘻，最高贵的快腿，请你快快跑开吧!"

乌龟比兔子更能多讲些道路的情况。

奇怪的是没有脊骨的生物都有最坚硬的壳。

话最多的人是最不聪明的人，在一个演说家和一个拍卖人之间，几乎没有分别。

你应该感谢，因为你不必靠着父亲的名望或伯叔的财产来生活。

但是最应感谢的是，没有人必须靠着你的名誉或财产来生活。

只在一个变戏法的人接不到球的时候，他才能吸引我。

忌妒我的人在不知不觉之中颂扬了我。

在很久的时间内，你是你母亲睡眠里的一个梦，以后她醒来把你生了下来。

人类的胚芽是在你母亲的愿望里。

我的父母愿意有个孩子，他们就生下我。
我要母亲和父亲，我就生下了黑夜和海洋。

有的儿女使我们感到此生不虚，有的儿女为我们留下终天之憾。

当黑夜来了而你也阴郁的时候，就坚决地阴郁着躺了下去。
当早晨来了而你还感着阴郁的时候，就站起来，坚决地对白天说："我还是阴郁的。"
对黑夜和白天扮演角色是愚蠢的。
他俩都会嘲笑你。

雾里的山岳不是丘陵；雨中的橡树也不是垂柳。

看哪，这一个似非而是的论断：深和高是比"折中"和"两可"更为相近。

当我一面明镜似的站在你面前的时候，你注视着我，看到了自己的形象。

然后你说："我爱你。"

但是实际上你爱的是我里面的你。

当你以爱邻为乐的时候，它就不是美德了。

不时常涌溢的爱就往往死掉。

你不能同时又有青春又有关于青春的知识。

因为青春忙于生活，而顾不得去了解；而知识为着要生活，而忙于自我寻求。

你有时坐在窗边看望过往行人。望着望着，你也许看见一个尼姑向你右手边走来，一个妓女向你左手边走来。

你也许无心地说出："这一个是多么高洁，那一个又是多么卑贱。"

假如你闭起眼睛静听一会，你会听到太空中有个声音低语说："这一个在祈祷中寻求我，那一个在痛苦中寻求我。在各人的心灵里，都有一座供奉我的心灵的庵堂。"

每隔一百年，拿撒勒的耶稣就和基督徒的耶稣在黎巴嫩山中的花园里相会。他们作了长谈。每次当拿撒勒的耶稣向基督徒的耶稣道别的时候，他都说："我的朋友，我恐怕我们两人永远、永远也不会一致。"

求上帝喂养那些穷奢极欲的人吧!

一个伟大的人有两颗心:一颗心流血,另一颗心宽容。

如果一个人说了并不伤害你或任何人的谎话,为什么你不在心里说,他堆放事实的房子是太小了,搁不下他的胡想,他必须把胡想留待更大的地场。

在每扇关起的门后,都有一个用七道封皮封起的秘密。

等待是时间的蹄子。

假如困难是你东墙上的一扇新开的窗户,那你怎么办呢?

和你一同笑过的人,你可能把他忘掉;但是和你一同哭过的人,你却永远不忘。

在盐里面一定有些出奇的神圣的东西。它也在我们的眼泪里和大海里。

我们的上帝在他慈悲的干渴里,会把我们——露珠和眼泪——都喝下去。

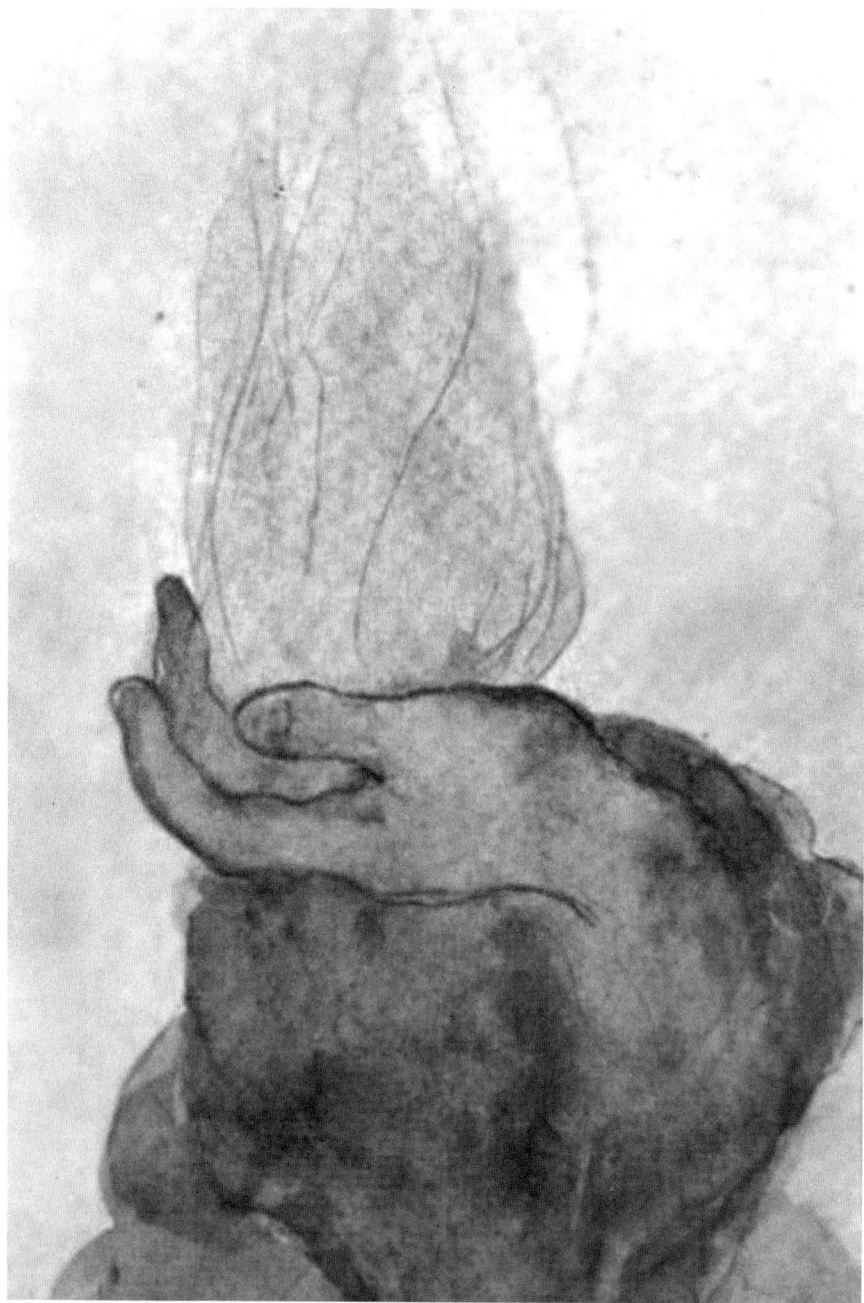

你不过是你的大我的一个碎片，一张寻求面包的嘴，一只盲目的、为一张干渴的嘴举着水杯的手。

只要你从种族、国家和自身之上，升起一腕尺，你就真成了神一样的人。

假如我是你，我决不在低潮的时候去抱怨大海。
船是一只好船，我们的船主是精干的；只不过是你的肚子不合适就是了。

我们想望而得不到的东西，比我们已经得到的东西总要宝贵些。

假如你能坐在云头上，你就看不见两国之间的界线，也看不见庄园之间的界石。
可惜的是你不能坐在云头上。

七百年以前有七只白鸽，从幽谷里飞上高山的雪峰。七个看到鸽子飞翔的人中，有一个说："我看出第七只鸽子的翅膀上，有一个黑点。"
今天这山谷里的人们，就说飞上雪山顶峰的是七只黑鸽。

在秋天，我收集起我的一切烦恼，把它们埋在我的花园里。
四月又到，春天来同大地结婚，在我的花园里开出与众花不同的美丽的花。

我的邻人们都来赏花，他们对我说：当秋天再来，该下种子的时候，你把这些花种分给我们，让我们的花园里也有这些花好不好呢？

假如我向人伸出空手而得不到东西，那当然是苦恼；但是假如我伸出一只满握的手，而发现没有人来接受，那才是绝望呢。

我渴望着来生，因为在那里我将看到我的未写出的诗和未画出的画。

艺术是从自然走向无穷的一步。
艺术作品是一堆云雾雕塑成的一个形象。

连那把荆棘编成王冠的双手，也比闲着的双手强。

我们最神圣的眼泪，永不寻求我们的眼睛。

每一个人都是已往的每一个君王和每一个奴隶的后裔。

如果耶稣的曾祖知道在他里面隐藏着的东西的话，他不会对自己肃然起敬吗？

犹大的母亲对她儿子的爱，会比玛利亚对耶稣的爱少些吗？

我们的弟兄耶稣还有三桩奇迹没有在经书上记载过：第一件

是他是和你我一样的人；第二件是他有幽默感；第三件是他知道他虽然被征服，而却是一个征服者。

钉在十字架上的人，你是钉在我的心上；穿透你双手的钉子，穿透了我的心壁。

明天，当一个远方人从各各他①走过的时候，他不会知道这里有两个人流过血。

他还以为那是一个人的血。

他也许听说过那座福山。

它是我们世上最高的山。

一旦你登上顶峰，你就只有一个愿望，那就是往下走入最深的峪谷里，和那里的人民一同生活。

这就是这座山叫作福山的原因。

我的每一个禁闭在表情里的念头，我必须用行为去释放它。

冰心　译

————————

① 各各他，耶稣蒙难处，见《圣经·新约·马可福音》。

Part Three

泪与笑

泪与笑

——小引

我既不用人们的欢乐替换我心中的悲伤，也不想让忧伤在眼里凝成的泪水转而化作欢笑。但愿我的生活亦泪亦笑：泪，可以净洁我的心灵，使我晓知生活的秘密与奥妙；笑，可以使我接近同胞，并成为我赞美主的象征与记号。泪，我可让它与我共同承担心里的痛苦；笑，可以成为我对自己的存在感到欣慰的外在标志。

我宁愿在充满渴望中死去，不想在萎靡无聊中而生。我希望我的心灵深处充满对爱和美的饥渴追求。因为我仔细观察过；在我看来，那些无足无尽的贪婪之徒是最可悲的人，更接近于死物。因为我侧耳聆听过；在我听来，满怀雄心壮志者的长叹，远比二、三弦琴声甜润。

夜幕降临，花儿收拢自己的花瓣，拥抱着自己的渴望进入梦乡；清晨到来，她又开启自己的香唇，迎接太阳神的亲吻。花的生命是渴望与交往，是泪亦是笑。

海水蒸发，化为水蒸气，升入天空，然后聚而成云，信步在丘山、谷地之上，遇见和风，便泣而降下，洒向田间，汇入溪流，然后回到自己的故乡大海。云的生命是分别与相见，是泪亦是笑。

人也如此，脱离精神世界，走入物质天地，像云一样，走过痛苦高山，跨过欢乐平原，与死神吹来的微风相遇，终于回到原地——爱和美的大海，回到主那里……

爱的生命

春

亲爱的，让我们一起到丘山中走一走！冰雪已消融，生命已从沉睡中苏醒，正在山谷里和坡地上信步蹒跚。快和我一道走吧！让我们跟上春姑娘的脚步，走向遥远的田野。

来呀，让我们攀上山顶，尽情观赏四周平原上那起伏连绵的绿色波浪。

看哪，春天的黎明已舒展开寒冬之夜折叠起来的衣裳，桃树、苹果树将之穿在身上，美不胜收，就像"吉庆之夜"的新娘；葡萄园醒来了，葡萄藤相互拥抱，就像互相依偎的情侣；溪水流淌，在岩石间翩翩起舞，唱着欢乐的歌；百花从大自然的心中绽放，就像海浪涌起的泡沫。

来呀，让我们饮下水仙花神杯中剩余的雨泪；让我们用鸟雀的欢歌充满我们的心灵；让我们尽情饱吸惠风的馨香。

让我们坐在紫罗兰藏身的那块岩石后相亲互吻。

夏

　　亲爱的，我们一起到田间去吧！收获的日子已经到来，庄稼已经长成，太阳对大自然的炽烈之爱已使五谷成熟。快走吧，我们要赶在前头，以免鸟雀和群蚁趁我们疲惫之时，将我们田地里的成熟谷物夺走。我们快快采摘大地上的果实吧，就像心灵采摘爱情播在我们内心深处的种子所结出的幸福子粒。让我们用收获的粮食堆满粮库，就像生活充满我们情感的谷仓。

　　快快走吧，我的侣伴！让我们铺青草，盖蓝天，枕上一捆柔软禾秆，消除一日劳累，静静地听赏山谷间溪水夜下的低语畅谈。

秋

　　亲爱的，让我们一同前往葡萄园，榨葡萄汁，将之储入池里，就像心灵记取世代先人智慧。让我们采集干果，提取百花香精；果与花之名虽亡，种子与花香之实犹存。

　　让我们回住处去，因为树叶已黄，随风飘飞，仿佛风神想用黄叶为夏天告别时满腹怨言而去的花做殓衣。来呀，百鸟已飞向海岸，带走了花园的生气，把寂寞孤独留给了茉莉和野菊，花园只能将余下的泪水洒在地面上。

　　让我们打道回府吧！溪水已停止流动，泉眼已揩干欢乐的泪滴，丘山也已脱下艳丽衣裳。亲爱的，快来吧，大自然已被困神缠绕，即用动人的奈哈温德歌声告别苏醒。

冬

我的生活伴侣，靠近我些，再靠近我一些，莫让冰雪的寒气把我俩的肉体分开。在这火炉前，你坐在我的身边吧！火炉是冬令里最可口的水果，给我们讲述后来人的前途，因为我的双耳已听厌了风神的呻吟和人类的哭声。关好门和窗户，因为苍天的怒容会使我精神痛苦，看到像失子母亲似的坐在冰层下的城市会使我的心淌血……我的终身伴侣，给灯添些油，因为它快要灭了；把灯放得靠近你一些，以便让我看到夜色写在你脸上的字迹……拿来酒壶，让我们一起畅饮，一道回忆往昔岁月。

靠近我些！我心爱的，再靠近我一些！炉火已熄灭，灰烬将火遮掩起来……紧紧抱住我吧！油灯已熄灭，黑暗笼罩了一切……啊，陈年佳酿已使我们的眼皮沉重难负……困倦抹过眼睑的眼睛在盯着我……趁睡神还没有拥抱我，你要紧紧搂住我……亲亲我吧！冰雪已经征服了一切，只剩下你的热吻……啊，亲爱的，沉睡的大海多么呆傻！啊，清晨又是何其遥远……在这个世界上！

一个传说

在那条河畔，椰子树和柳树荫下，坐着一个农夫的儿子，静静地凝视着淙淙流淌的河水。这个青年自幼长在田间，那里的一切都在谈情说爱：树枝相互拥抱，花儿彼此依偎，鸟雀对歌争鸣。整个大自然都令人精神振奋，赏心悦目。这青年才二十岁，昨天在清泉边看见一位姑娘坐在众少女中间，一眼便爱上了她，正所谓一见钟情。时隔不久，小伙子得知那姑娘是位公主，于是自我埋怨起来，连声责备自己；但是，自责并未使自己的心放弃那种爱情，久未见面也未能使他的精神脱离现实。人在自己的心与神之间，就像被夹在南风和北风之间的柔软枝条，摇摇晃晃，原地不动。

青年凝神注视，但见紫罗兰花生长在延命菊花旁边，随之听到夜莺与鸤鸟低声交谈，于是情不自禁，深感孤独，哭了起来。小伙子深深陷于相思的几个时辰，在他的眼前就像幻影一样闪过。他的情感与眼泪同时溢出，不禁说道：

"啊，这是爱情在戏弄我呀！爱情把我当作笑柄，把我引向那样一个地方：在那里，希望被当作耻辱，意愿被视为下贱。我所崇拜的爱神，已经把我的心高高举上王宫，却把我的地位降低到农家茅舍，又将我的灵魂引向一位美丽的仙女，然而那仙女不仅被无数男子包围着，而且享受着崇高尊荣……爱神哪，我完全顺从你，你要我做什么？我曾跟随你步上火路，受尽烈焰燎烤。我睁开眼睛，看到的却是一片黑暗；我张口说话，说出的全是悲伤。爱神啊，思念之情满怀强烈的精神饥渴将我紧紧拥抱；这种饥渴得不到情人的亲吻，它是决不会消退的。爱神啊，我是个弱者，而你是强者，为何还要与我争高低？你公正大度，我是个无辜者，你为什么还要欺负我？你是我的唯一支持者，却为什么还要贬损我的尊严？你是我的依靠，为什么抛弃我？假若我的血未按你的意愿流淌，你可以泼掉它；如果我的双脚没有行进在你的路上，你可以让它瘫痪。你尽可信意对待我的躯体，但请让我的心灵在你羽翼下饱尝这静宜田园中的美丽风光和欢乐……千条溪水都向着自己的恋人——大海——流淌；万朵鲜花均朝它们的情侣——阳光——微笑；天上乌云总是冲着它们的追求者——谷地——降雨。而我的心事，溪水不理会，花儿听不到，乌云摸不着。我独自受苦难，孤处恋情中，远离心上人；她既不想让我成为她的父王军中的普通一兵，也不愿意让我做她宫中的一名仆人。"

说到这里，青年沉默片刻，仿佛想向河水的哗啦流淌声和树叶的沙沙响声学一些词语。然后又说：

"你，我不敢直呼姓名的人儿，与我隔着庄严幕幔、雄伟高墙的人儿啊，我那只有在绝对平等的天国才能相见的仙女，利剑听你使唤，万众在你面前俯首，钱粮库及寺院的大门为你洞开！

你占据了一颗爱神敬重的心，你奴役了一个主神推崇的灵魂，你迷住了昨天还在这田中自由劳作的人；如今，他已变成了戴着爱情枷锁的俘虏。美丽的姑娘，我看到了你，方才知道我为什么来到了这个世界。当我知道你的地位高，同时看到自己的低贱时，便晓得主那里藏着不为人知的秘密，同时也晓知了把灵魂送往爱情不受人类法律约束的地方的必由途径。当我看到你的眼睛时，我就相信这种生活就是天堂，而天堂的门就是人的心扉。当我看到你的高贵与我的低微就像巨人与雄狮相互搏斗时，深知这块土地已不再是我的故乡。当我看见你坐在你的女友们当中就像玫瑰花居于香草中间时，我猜想我的梦中新娘已经化为肉身，变成了像我一样的人。当我洞悉到你父王的非凡尊贵之时，我意识到要采摘玫瑰花必定会碰到利刺，它会刺得手指流血；甜梦收集起来的一切，会被苏醒驱散……"

这时，青年站起身来，心灰意懒、悲伤失意地朝清泉走去，边走边说：

"死神哪，救救我吧！芒刺扼杀鲜花的大地已不适于居住。快使我挣脱爱神被逐出王位、高贵威严取而代之的岁月吧！死神啊，快来救救我吧！永恒天国比这个世界更适合情侣相会。死神呀，我在那里等着我的意中人，我将在那里与她相见。"

青年行至清泉旁时，天色已近黄昏，夕阳开始从田野上收起自己那金黄色的饰带。他坐下来，禁不住泪水簌簌下落，直淌入公主留下的脚印深处，只见他的头低垂在自己的胸脯上，仿佛在全力阻止自己的心从胸中掉出来似的。

就在那一时刻，柳树后出现了一位姑娘，长长的裙尾拖在草地上，旋即在青年的身边停下了脚步，伸出丝绸般光滑柔润的手，抚摩着青年的头。青年抬头望了姑娘一眼，只见他目光蒙眬，像是梦中人刚刚被晨光唤醒。眼见站在自己跟前的正是那位公主，青年急忙双膝下跪，酷似摩西看见面前的丛林燃烧时的情形。他想说话，不期周身颤抖，泪水模糊了双眼，张口结舌，一句话也说不出来。

随后，姑娘紧紧搂住青年，先吻他的双唇，再吻他那淌着热泪的眼睛，继而用比芦笛还柔美的声音说：

"亲爱的，我在梦中见到了你，我在孤独寂寞中看到了你的面容。你就是我失去的那位心灵伴侣。你就是我命中注定要到这个世界来时，与我分离的那绝美的另一半。亲爱的，我是秘密来与你相会的。看哪，你现在就在我的怀里，你不要失望，不要悲伤，不要急躁！我丢下了父王的荣华富贵，特意来跟随你到遥远的地方去，与你共饮生死甘苦。亲爱的，起来吧！让我们到远离人世的遥远荒野去吧！"

情侣双双走进林间，夜幕遮掩了二人的身影。国王的暴虐对他俩无可奈何，焉在乎黑暗中的幽灵。

在王国的边境地带，国王的侦探找到了两具人的尸骨，其中一具脖颈骨上还挂着一串金项链。两具尸骨旁有一块石头，上面刻着这样的字迹：

爱神将我们结合，
谁能将我们分开？
死神将我们召去，
谁能将我们追回？

诗人的死是生

夜幕笼罩城市上空，冰雪为城市穿上冬装，严寒迫使人们退出市场，躲藏在自己的安乐巢窝里。狂风在房舍之间呼啸悲叹，就像吊丧者站在大理石墓间哀悼死神的猎物。

在城边上，有一座简陋茅舍，柱斜梁倾，在厚厚的冰雪重压下，行将坍塌。小屋的一角，放着一张破床，床上躺着一个奄奄一息、行将就木之人。他望着那微弱的灯光，那灯头似在竭尽全力挣扎，试图征服黑暗，但终于被黑暗压倒。那还是一个正值青春妙龄的少年郎，却知道自己大限即至，就要永远地摆脱生活桎梏，等待着死神降临。他那蜡黄色的脸上闪烁着求生渴望之光，而双唇上溢出的仍是凄楚的微笑。那是一位诗人：来到世上，以纯美言词给人送去欢乐为本；如今，就要饿死在这富贵活人城中了。那是一个高尚的灵魂：蒙主之恩而降生，以便使生活变得更甜美；如今，人类还未报之以微笑，它就要告别我们这个世界了。他已进入人生的弥留之际，行将断气，身旁只有油灯一盏，那是他孤独寂寞之中的伙伴；还有一页页诗稿，满载着他那颗高尚灵魂的梦幻。

那位生命垂危的青年，竭尽余力，把双手举上空中，睁开疲倦的眼皮，仿佛想用最后一丝目光穿透那破烂茅舍的屋顶，观看隐藏在乌云之后的繁星，然后说：

"美丽的死神，你来吧！我的神魂想念你呀！走近我，解去我身上的物质枷锁吧！因为我拖着它已感疲惫不堪。来吧，美妙的死神，快把我从人群中解救出来吧！只因我把从天使那里听来的话翻译成了人的语言，他们便说我是异己分子。快朝我走来吧！人已经抛弃了我，把我丢入被遗忘的角落，只因为我不像人一样贪图钱财，也不使用不如我的人。甜美的死神，快到我这里来，带我走吧！我的同胞们已不需要我。让我投入你那充满爱的怀抱吧！求你吻吻我的双唇。我这双唇既未尝过母亲亲吻的滋味，也没有接触过姐妹的前额，更未亲过意中情人的嘴。亲爱的死神，快来拥抱我吧！"

这时，诗人的病榻旁边突然闪出一位女子的身影，其美远非凡人所具有，只见她身穿雪白晶莹的衣裙，手持采自天园的百合花环。她走近诗人，热情拥抱他，伸手合上他的眼帘，以便让他借灵魂的目光看着她。她吻了吻他的双唇，那充满深爱的一吻留给诗人双唇的是心满意足的微笑。

刹那之间，茅屋变得空余尘土，只有一些诗稿散落在黑暗角落。

岁月不居，时节如流，数世代飞闪而过。那座城中的居民一直沉湎于昏睡之中。当他们苏醒过来，眼睛看到知识的曙光时，他们在公共广场的中心为那位诗人建造了一座巨大塑像，并为他确定了每年的纪念日……啊，人是多么愚昧！

笑与泪

　　夕阳从花木繁茂的花园收起金黄色的长尾，明月升起在遥远的天际，将柔和的月华洒在花园里。我坐在树下，静静观赏着天色的变化，透过树木枝条间仰望挂在瓦蓝色的天毯上的银圆似的星斗，耳里聆听着从远处山谷传来的溪水的淙淙流淌声。

　　鸟儿藏身在叶子浓密的树枝间，花儿合上了眼，大自然一片寂静。这时，忽然听到踏着青草的沙沙脚步声传来，我调转视线望去，只见一对少年男女正朝我走来。片刻后，二人坐在一棵枝繁叶茂的树下；我能看见他俩，而他俩却看不见我。

　　那小伙子朝四周环视了一下，然后我听他说道："亲爱的，你就坐在我的身边，听我说吧！你微笑吧！因为你的微笑是我们未来的标志；你欢乐吧！因为岁月已在为我们而欢乐。我的心灵告诉我，你的心中有疑虑；亲爱的，对爱情心怀疑虑是一种罪过。这大片银白色月亮映照下的地产很快就要归你所有，你也将成为这足以与王宫媲美的宫殿的女主人。我的宝马将供你四处游览时乘骑，我的花车将载着你出入舞场、筵席。亲爱的，你就像

我的宝库中的黄金那样笑吧！亲爱的，你就像我父亲的珠宝那样
望着我吧！亲爱的，你听啊，我的心只会在你的面前倾诉衷情。
我们面临着甜蜜之年。我们将带着大量金钱，到瑞士湖畔、意大
利的旅游胜地、尼罗河上的宫殿附近和黎巴嫩的雪杉枝条下，度
过我们的甜蜜之年。你将见到公主和贵妇人，她们也将嫉妒你的
周身华丽服饰、珠光宝气。那一切都由我提供给你，难道你不喜
欢？啊，你的微笑多么甜美！你的微笑与我的命运微笑是何其相
似啊！"

过了一会儿，我看见他俩缓步走去，脚下踏着鲜花，就像富
人的脚踏着穷人的心。

二人消失在我的视野里，而我还在思考着金钱在爱情中的地
位。我想：金钱乃人为恶之源，而爱情则是幸福与光明的源泉。

我一直沉湎于这种思考之中，直到两个人影从我面前走过，
然后在草地上坐了下来。一个是小伙子，另一个是姑娘，来自田
间的农家茅舍。一阵发人深省的寂静过后，我听到那个患肺病的
小伙子谈话中夹带着深深的叹息声。他说："亲爱的，擦擦泪吧！
爱神想打开我们的眼界，使我们成为她的崇拜者。爱神赋予我们
以忍耐品性和吃苦精神。亲爱的，擦擦眼泪吧！你要忍耐，因为
我们早已结成崇拜爱神的同盟。为了甜蜜的生活，我们宁可忍受
穷困的折磨、不幸的苦涩和分离的熬煎。我一定要与岁月搏斗，
以便挣到值得放在你手中的一笔钱财，足以帮助我们度过此生的
各个阶段。亲爱的，爱情就是我们的主，会像笑纳香火那样接受
我们这叹息的眼泪，同样也把我们应得的奖赏给我们。亲爱的，
我要同你告别了，因为月落乌啼之前我得离去。"

之后，我听到一种低微柔和的声音，且不住被炽热的长叹声

打断。那是一位温柔少女的声音，其中饱含着发自少女周身的爱情的火热、分离的痛苦和忍耐的甘甜。她说："亲爱的，再见！"

二人分手，我仍坐在那棵树下，只觉得无数只怜悯之手争相拉扯我，这个奇妙宇宙的种种奥秘争相挤入我的脑海。

那时，我朝着沉睡的大自然望去，久久观察，发现那里有一种无边无沿的东西；那种东西，用金钱买不到；那种东西，秋天的眼泪抹不去、冬季的痛苦折磨不死；那种东西，在瑞士的湖泊、意大利的旅游胜地找不到；那种东西，忍耐到春天便复生、到夏季便结果。我在那里所发现的就是爱情。

梦

在田野上，一条水晶般的小溪畔，我看见一只鸟笼子，竹篾、木条加工精细，一看那便知出于能工巧匠之手。笼子里的一个角，有一只死鸟；另一角有一水罐，但水已干；还有一个食罐，里面一粒食粮也没有。

我静静地站在那里，留心侧耳细听，仿佛死去的鸟儿和小溪的淙淙流水声有什么训诫似的，在求良知开口说话，要向人心探询些什么。我一番思考之后，知道那只可怜的小鸟曾在干渴中与死神搏斗，而它就在溪水旁边；它是饿死的，而它就在生命的摇篮——田野之中，就像一位富翁，因库房门紧闭，活活被饿死在金山间。

片刻后，我看见鸟笼突然变成了一个透明的躯体，死鸟变成了人的心脏，心上的深深伤口正在滴着鲜红鲜红的血，整个伤口酷似悲伤女人的嘴唇。

然后，我听到从伤口发出的一种夹带着血滴的声音说：

"我是人的心，物质的俘虏，人类世俗法律的牺牲品。在美的田野中，在生活甘泉之畔，我被人为诗人制订的法律牢笼所俘获。在爱神手中的人类美德摇篮里，我孤独地死去。因为我被禁止享用那种美德和这种爱情之果。我所向往的一切，在人看来都是耻辱；我所渴望的一切，均被人判断为卑贱。

"我是人的心，被囚禁在世俗法规黑暗中，已是衰弱不堪；我被幻想的锁链束缚，故而奄奄一息；我被遗弃在文明迷宫的角落里，已经步入死亡。然而人类一言不发，袖手笑而旁观。"

我听到了这些话语，眼见它和着血滴由那颗带伤的心里滴出。那之后，我再也没有看到什么，也没有听到什么声音，旋即回到了现实之中。

美

美是智士的宗教。

——印度一诗人

人们哪，你们徘徊在各种宗教的歧路上，迷惘在不同信仰的山谷里，认为不信的自由比受皈依束缚更充分，不信的舞台比归顺的堡垒更安全，你们何不把美当作宗教，把美敬畏为主！因为美是体现可理会成果的万物完美的外部表现。你们要唾弃那样的人：他们把虔诚比作游戏，今世贪图钱财无度，且乞盼来世尽享富贵。你们要相信美的神性！那是你们珍爱生命的起点，那是你们珍惜幸福的源泉。你们要向美忏悔！美会使你们的心靠近女性的宝座；那是你们所有情感的一面明镜。美，会把你们的心灵送返大自然的怀抱；那本是你们生命的故乡。

在夜下迷路的人们哪，沉溺在幻想汪洋里的人们啊，美中有不容怀疑的真理，美中有帮助你们对抗谎言黑暗的灿烂光明。请你们仔细观察春天的苏醒和晨曦的降临；那么，美可使观察者大饱眼福。

请你们侧耳聆听百鸟鸣唱、树叶沙沙作响和小溪淙淙流淌；那么，美可使听者得到一份福分。

请你们看看孩童的温顺、青年的机敏、壮年的力量和老年的智慧；那么，美足令观者迷恋、动心。

请你们赞美水仙花似的眼睛、玫瑰花似的面颊和秋牡丹似的小口；美，自然为赞美者们所颂扬。

请你们赞颂枝条般柔嫩的身段、像夜一般乌黑的秀发和象牙一样白皙的长颈；那么，美，一定为赞颂者们感到兴高采烈。

请你们把躯体作为圣殿献给美；那么，美，一定会奖赏那些顶礼膜拜者们。

承受天降美之奇迹的人们哪，你们欢呼吧，高兴吧！因为你们无可畏惧，你们无所忧伤。

梦 幻

此信呈 S. L 子爵夫人，权作复函。

青春在我前面走，我紧紧跟上他的脚步。当我们来到一片遥远的田野时，青春停下脚步，仔细观看飘浮在夕阳光上的云朵，那云朵好像一群雪白的绵羊；再看那些树木，但见光秃枝条直指天空，仿佛要求天归还它那繁茂的叶子。我问道："青春哪，我们现在哪里？"青春回答："我们在困惑的田野上。你要当心呀！"我说："我们回去吧！因为此地一片凄清，我好害怕；白云和光秃秃的树木，使我感到悲伤。"青春说："忍耐一下！困惑乃是知识的起点。"然后，我留心观看，忽见一位仙女正在朝我们靠近，像是幻影，我禁不住惊叫："这是谁？"青春说："她是墨尔波墨涅，乃朱庇特之女，悲剧女神。"我说："欢乐的青春啊，有你在我的身旁，悲伤与我何干？"青春说："她来这里是为了让你看看大地及其悲伤。看不到悲伤的人，也便看不到欢乐。"

仙女伸手捂住我的眼睛。当她移开手时，我发现自己离开了青春，而且被剥去了物质的衣服，变得赤身裸体。我问："神女呀，青春到哪里去了？"仙女没有答话，而是用双翅将我抱住，带着我飞上了一座高山顶。在那里，我看见大地和大地上的一切，像一张纸一样摊展在我的面前；大地上居民的秘密，就像字迹一样展示在我的眼前。我忧心忡忡地站在仙女身旁，留心观察人的隐私，仔细探解生命密符。我看到——但期我看不到——幸福天使在同不幸恶魔进行战斗，而夹在二者之间的人不知道如何是好，时而倒向希望，时而倒向失望。我看到爱和憎在轮番戏耍人心：爱竭力掩饰人心缺点，用屈从之酒将之灌醉，令其只吐赞美之辞；憎则挑动人心争吵，蒙其眼，让其看不见其真实情况，塞其耳，令其听不到正确意见。我看到城市坐在那里，像烟花女一样死扯着人的衣角。我看到美丽的原野站得远远的为人哭泣落泪。

我看到祭司们像狐狸一样狡猾奸诈；我看到假救世主们千方百计迷惑人心；我听到人高声向智慧求救，而智慧愤怒弃人而去，因为智慧曾在大街上当众呼唤人，而人却未听见智慧的呼唤声。我看到牧师们抬眼仰望着天空，而他们的心却埋在贪婪的坟墓里。我看到青年男女们只用口舌求爱，怀着轻浮的希望相互接近，而他们的心神却远在天边，情感也在睡眠之中。我看到律师们在欺骗、虚伪市场上正用啰啰嗦嗦的话语做生意。我看到医生们在拿平民百姓的生命做游戏。我看到蠢货与智者同席对坐，让自己的现在枕在宽大的地毯上，并为自己的未来备下了豪华床铺。我看到可怜的穷苦人耕种，强悍的富人则收获、吃喝，而不义不公的恶神站在那里，人们却称之为法律。我看到黑暗盗贼在偷窃智力宝库，而光明看守却在那里睡懒觉。我看到女人就像男人手里的一把琴，而那个男人并不善于弹奏，女人只能让那个男人听不悦耳的乐声。我看到一支知名大军包围了具有传统光荣之城，而守军却已溃败，因其人数既少，且又不团结。我看到真正的自由独自在大街上行走，屡屡敲门求宿，而人们却拒之门外。我又看到庞大的放荡鬼队伍横冲直撞，而人们却将之称为自由。我看到宗教被埋在书中，虚妄取代了它的位置。我看到人们给忍耐穿上怯懦衣衫，给坚毅号以迟缓，加给温柔以惧怕之名。我看到不速之客在礼貌的筵席上装腔作势，夸夸其谈，而应邀者则沉默无言。我看到挥霍者手中的钱财是搜罗坏蛋的网，吝啬鬼手中的钱财招致人们厌烦，而智士手中却没有钱。

当我看到这一切时，感到痛苦不堪，高声呐喊："神女呀，莫非这就是大地？难道这就是人类？"神女以可怕的平静答道："这就是心灵之路，铺满荆棘和萤火虫。这是人类的影子。这是黑夜。黎明将要到来。"说罢，她又用手捂住我的眼。当她再次移开手时，我发现自己正与我的青春缓步同行，希望正奔驰在我的面前。

昔与今

一位富翁漫步在自己公馆的花园里，愁闷一直紧跟着他的脚步，忧虑在他的头上打转，就像苍鹰在死神击中的死尸上空盘旋。富翁终于走到了湖边；那是一个人工湖，周边有用大理石雕成的围栏。他坐在那里，时而望望从禽兽雕像口中喷涌出来的水，那水酷似从情人脑海里涌出的思潮；时而瞧瞧他那坐落在山丘上的宫殿，那宫殿很像美人痣镶在少女的腮边上。

富翁坐着，思绪联翩，往昔写下的关于他的生活的故事，一页一页地展现在他的眼前。他开始读着，禁不住泪水簌簌下落，模糊了双眼，看不到那人工湖水面；悲伤之情将神编织的往日画面重现于他的心间，止不住怨言脱口而出。他说：

"往昔，我曾在葱绿的山冈间牧羊，高高兴兴地生活，吹起我的芦笛，表达我的由衷欢乐。如今，我竟成了贪欲的俘虏，钱财把我引向钱财，钱财又把我引入醉生梦死，醉生梦死将把我带入不幸境地。往昔，我像鸟儿一样鸣啭歌唱，像蝴蝶一样款款飞舞。微风踏草头的脚步并不比我踏田野的脚步更轻。看哪，如今我却成了社会习俗的囚徒：靠穿着矫揉造作，不时出入筵宴；一切工作全为了讨好人类及其法规。我本期望我为享受人间快乐而生；然而今天，我发现自己为金钱所累，步上了一条痛苦之路，就像背驮黄金的骆驼，黄金将要置骆驼于死地。宽广的平原在哪里？唱歌的小溪何在？清新的空气在哪里？大自然的高贵何在？我的心神又在何方？我已失去了这一切，留给我的只有黄金；我喜欢黄金，而黄金却嘲笑、蔑视我。我的奴仆多了，而我的欢悦少了；我的宫殿高耸，却毁灭了我的快乐。往昔，我与游牧民的女儿同行，纯美贞操伴着我们，纯真爱情是我们的挚友，皎洁月光为我们照明；如今，我却身陷在那么一帮女人当中：一个个伸长脖子，挤眉弄眼，借金链、饰带换取艳美，见镯子、戒指便出让皮肉。往昔，我与青年们像一群羚羊活跃在林间，一道歌唱，共享田野之乐；如今，我在众人之间，就像猛禽爪中的羔羊，走在大街被人们用讨厌眼光盯视，被人们的嫉妒手指指点，到游览地看见的尽是高昂的头和冷酷的脸。往昔，天赋予我以勃勃生气，饱尝大自然之美；如今，这两项天福在我已完全被剥夺。往昔，我是个饱享幸福的富翁；如今，我变成了一贫如洗的穷光蛋。往昔，我与我的羊，就像仁慈的国王与其臣民；如今，我与我的金山，就像低贱的奴隶站在主人面前……我没有想到金钱会遮蔽我的心眼，将我的心灵引向愚昧深渊；我也不知道被人们视为荣誉的东西，却像地狱之火一样灼烧人心……"

富翁原地站起身来，缓步向自己的宫殿走去，不住地叹息道："莫非这就是钱财？难道这就是神，我已成了它的祭司？莫非它就是我们用生命买来的，却不能用它换回一丝生命？我付出一堪他尔黄金，谁能卖给我一美好想法？谁能用一把珠宝换得一分钟爱情？谁能拿走我的金库，仅仅给我一只能看到美的眼睛？"

富翁来到殿门前，就像耶利米望耶路撒冷城那样，朝城市望了一眼，并用手向城市指了一下，仿佛在向城市表示哀悼之意，并高声说道："人们啊，你们走在黑暗中，坐在死神阴影下，紧追困苦，胡乱断案，倾吐蠢言，只吃芒刺，却把果和花丢进深渊……如此行动，会延续到何年何月？你们走崎岖小道，栖身废墟之间，抛弃生命乐园，如此生活将继续到何日何年？绫罗绸缎锦衣已为你们做好，你们为什么却要穿破衣烂衫？人们哪，智慧之灯行将熄灭，快给它添些油吧！流浪汉要破坏你们的葡萄园，快起来保卫它吧！盗贼偷了你们的舒适库房，你们要当心呀！"

就在那时，一个穷人站在了富翁的面前，伸手向他讨钱。富翁望着穷人，颤抖的双唇合起，紧皱的面容舒展开来，二目间闪出温和的光芒。他在湖边痛惜的往昔已经走来向他问安。于是，他走近乞丐，亲切、平等地吻了吻他，并将一把黄金递到穷人手里，怜悯之情充满话语间，说："兄弟，你现在拿着这些金子，明天和你的伙伴一道来，把你们的钱财都拿回去吧！"穷人就像凋零的花儿雨后重新鲜灵起来，微微一笑，快步离去。

富翁进到殿堂，说道："生活中的一切都是美的，钱财也不例外，因为它能教人警句格言：钱财如同风琴，不善弹奏者只能听到不悦耳的噪音；钱财又像爱情，令吝啬鬼死亡，让慷慨者永生。"

睿智来访

寂静的夜里，睿智到来了，站在我的床边，用慈母般的目光望着我，擦去我的眼泪，说："我听到了你心灵的呼唤声，特来给之以安慰。在我的面前打开你的心扉吧，我将让其充满光明。你尽管发问，我将为你指点通往真理之路。"我说："睿智呀，我是何人？我怎么走到了这么一个可怕的地方？这宏大意愿、丰富图书和奇异画面是怎么回事？这像鸽群飞闪而过的思想是怎么回事？这充满倾向的诗句与富有情趣的散文从何而来？这些令人痛苦，又令人欢欣，拥抱我的灵魂，又涌上我的心头的成果从何而来？这些凝视着我，洞察我的内心深处的眼睛，为何不理睬我的痛苦？这些声音何以为我的当今岁月哭号，却歌唱我的童年？何为青春？为何戏弄我的爱好，嘲笑我的感情，忘却往昔成就，为琐碎小事而欣喜，嫌明天来得太慢？这是什么世界？为何把我带往不为我所知的地方，和我一起站在光彩的立场上？这大地为何张着大口吞噬人的躯体，却敞着胸怀任贪婪魔鬼安居？通往幸福爱情的路上有万丈深渊，人却依旧对之恋恋不舍，原因何在？人为何不顾死神抽打，仍要求与生命亲吻？人为什么宁可以一年的悔恨去买一分钟的享乐？人为何不听梦想的呼唤，却要向困神投降？人又为什么随着愚昧溪流一直走向黑暗海湾？睿智啊，所有这些都是怎么回事呢……"

睿智回答道："人哪！你想用神的眼光看这个世界，却又用人的思想了解未来世界的奥秘，此乃愚蠢至极也。到原野去吧，你会发现蜜蜂在鲜花周围旋飞，苍鹰在向猎物俯冲。进入你的邻居家中，你会看到孩童见火光而惊异的神态，母亲在忙于家务。你要像蜜蜂一样，而不要在静观苍鹰打猎中浪费大好春光。你要像孩童一样为火光而欢喜，让你的母亲安心忙自己的家务。你所看到的一切，过去和现在都是为你而存在的。那丰富的图书、奇异的画面和美好的思想，都是你的先人们灵魂的幻影。你撰写的诗文是你与人类兄弟之间互通的桥梁。令人痛苦，又令人欢欣的成果是往昔播在心灵田地的种子，未来将得到收益……戏弄你那爱好的青春将打开你的心扉，以供光明进入。这张着口的大地会使你的灵魂挣脱你的肉体的奴役。这个带你行走的世界便是你的心，而你的心则是你猜想的那个世界的全部。在你看来愚昧、渺小的那个人，他从上帝那里来，以便用痛苦学习欢乐，从黑暗中获取知识……"

睿智伸手抚摩着我那火热的前额，说："大胆往前走，决不要停留，前面就是至美。走啊，不要怕路上的荆棘，因为它只使败血外流。"

现实与幻想之间

生活背负着我们从一个地方走到另一个地方，命运领着我们从一种环境转移向另一种环境，而我们行进的路上无处不是障碍，我们听到的声音无不使我们胆战心惊。

我们看到美神端坐荣誉宝椅，于是接近他，以思念之名弄脏了他的衣边，摘下他那圣洁的王冠。爱神走过我们的身边，穿着告别的衣衫，我们害怕他，于是躲藏在黑暗洞穴，或者跟在他的身后，以他的名字干尽坏事；我们当中的明智者，将爱神当作桎梏背在身上，虽然他比花香轻柔，较黎巴嫩的微风和煦。智慧之神站在街口当众呼唤我们，而我们却认为他是虚妄，就连他的追随者也不看在眼里。自由女神邀请我们赴宴，与她同饮共餐，我们去了，大吃大喝，于是宴会变成了信意非为的舞台和自我轻蔑的场所。大自然向我们伸出了友好之手，要我们享受它的美，而我们却害怕它的寂静，于是躲到城市，只见城中的人越来越多，就像看见饿狼的羊群，相互拥挤在一起。现实带着稚童的微笑或亲吻造访我们，而我们却紧锁情感的大门，像罪犯一样躲避。人心向我们求救，灵魂呼唤我们，而我们比矿物还聋，全然不去理会；有谁听到自己心的呼喊和灵魂的召唤，我们会说："这是个疯子，赶快躲开他！"

黑夜如此闪过，而我们不知不觉；白昼与我们握手，而我们既怕黑夜，又怕白昼。神本来属于我们，而我们却接近土。饥饿在吞噬着我们的力量，而我们从不去尝生活的面饼。

生活是多么可爱，我们距生活又是多么遥远！

致我的穷朋友

朋友啊，你生在不幸摇篮，长在屈辱怀抱，在专制门庭虚度青春，边叹息边吃你那干面饼，和着泪滴喝下污水；

兵士啊，人的不义法律迫使你别妻弃子，为了被他们称为义务的贪婪野心而奔赴沙场送死；

诗人啊，你作为异乡人生活在自己的祖国，在熟人当中不为人所知，甘愿靠一口食物生活，伴着墨水和稿纸度日；

囚犯啊，你因为小小过错而被投入黑暗监牢；那些主张以怨报怨者的谬误将小错夸大，就连希望以腐败进行改良者的理智对之都感到诧异；

可怜的烟花女啊，你那天赐美貌被花花公子盯住，紧追你，引诱你，用金钱征服了你的贫困，你屈从了他，而他却弃离了你，让你像猎物一样，在屈辱和不幸魔爪中颤抖。

我的弱者好友们，你们都是人类法律的牺牲品。你们是不幸者；你们的不幸源于强者的横蛮、统治者的暴虐、富者的为富不仁和淫荡者的自私。

你们不要失望！超越这个世界的不公，超越这物质，在这乌云之外，在这苍穹之后，在这一切之后，有一种力量，那才是真正的公正，完全的怜悯，地道的温情和完美的爱。

你们是生长在阴影中的花。和煦的微风将吹过来，把你们的种子带到阳光下，你们将在那里获得美好新生。

你们是冬雪重压下的光秃树木。春天将要到来，为你们披上繁茂的绿叶。

真理将撕下遮盖你们微笑的泪帘。

兄弟们，我亲吻你们！我蔑视压迫你们的人！

旅美派诗人

　　假若海里勒想到自己精心串起的诗歌韵律璎珞会变成衡量才智的标准和拴缀思想珠母的绳线，那么，她定会割断连线，将璎珞抛撒。

　　假若穆台奈比和伊本·法里德预料到自己的作品会变成迟钝思想的源泉和牵着今人情感走的缰绳，那么，二人定会把墨水泼洒在被废弃的坑里，将笔杆用轻率的手折断。

　　假若荷马、维吉尔、麦阿里和弥尔顿的灵魂，得知用近似乎上帝的心神凝成的诗篇将落脚在富人邸宅，那么，他们的灵魂定会离开我们的地球，躲藏到众行星后面。

　　我并非固执之辈，但我实在不忍眼见灵魂的语言沸于蠢人之口，神灵的墨水流淌在自矜博学者的笔下。并非我一人对此不满；相反，如你所见，有许多人看到青蛙把自己吹得像水牛一样大，心中气愤不已；我不过是这许多人当中的一个罢了。

　　众人们！诗是有形的神圣灵魂，来自醒心的微笑，或者催人泪下的叹息。诗是幻影，寄居在神魂，饥餐心田，渴饮情感。倘若不是这样而来，那么，它便是假基督，必被抛弃。

诗神啊！埃拉托！请你宽恕那些只用夸夸其谈接近你，而不用灵魂的尊严和思想的想象力崇拜你的那些人的罪过吧！

从永恒世界高天望着我们诗人的灵魂啊，我们本无缘走近你们用思想珍珠和心灵宝石装点的圣坛。只因我们这个时代里铁器叮当响，工厂噪音杂，故而我们的诗来得那样沉重，就像火车，还夹带着汽笛声。

你们，真正的诗人们，原谅我们吧！我们来自新世界，一心追求物质；我们这里的诗也变成了物质，任凭人手传送，心灵却不能理会。

在日光之下

> 我察看我手所经营的一切事和我劳碌所成之功，谁知万事皆属虚空，均为捕风，在日光之下毫无益处。
>
> ——传道节

遨游在灵魂世界太空中的所罗门的灵魂啊，脱去了我们现在仍穿在身上的物质衣服的人哪！你身后留下了发自软弱和失望的语言，而在肉体的俘虏中又滋生出了软弱和失望。

现在，你知道这人生自有意义，就连死神也无法将之抹去；可是，这种只有灵魂摆脱净土监视后才能领略的知识，人怎能通晓呢？

现在，你知道人生并不像捕风，太阳下也并非万事皆属虚空，而是万物皆实际存在，永远朝着真理运动。但是，我们这些可怜人坚持你的话，总是深思熟虑它，仍然将之认作灿烂智慧结晶；你也知道，那是一派胡言，尽毁智力，泯灭希望。

现在，你知道愚蠢、邪恶和暴虐都具有堂皇理由；而我们只能通过智慧的外在表现、美德的功绩及公正的果实来认定什么是美。

你知道，痛苦和穷困能纯洁人心；而我们的有限智慧所能看到的自由存在物只有宽裕和欢乐。

现在，你知道灵魂在征服生平中的各种障碍走向光明；而我们则仍然重复着你的话，意指人不过是无名力量手中的玩具。

你后悔自己散布了那样一种精神，削弱了人对今日生活的热爱，泯灭了人对来日生活的迷恋；而我们却仍然坚持背诵你的话语。

居于永恒世界的所罗门的灵魂啊，请你启示那些喜欢哲理的人们，要他们不要走上失望和不信之路。因为那有可能成为无意中所犯过错的赎金。

展望未来

我听到现代高墙后传来人类的赞歌声。我听见钟声振动了"以太"的分子，宣布美神殿堂里开始祈祷；那种由源于情感金属的力量铸就，并且将之高高置于自己的圣殿——人心——之中。

我看到未来的后面有一群人正跪在大自然的胸膛上，面向东方，等待真理的晨光显现。

我看到城市已经被毁，只留下一片废墟，告诉人们黑暗已在光明面前彻底败北。

我看到老年人坐在杨柳树荫下，而孩子们坐在他们周围，正在听往日的故事。

我看到小伙子们在弹琴、吹笛，姑娘们披着长发，围着他们在素馨、茉莉花枝下翩翩起舞。

我看到壮年男子在收割庄稼，而女子们则忙于捆绑抱运，还唱着充满欢乐、愉快的歌。

我看到妇女用百合花环取代了破衣烂衫，将翠绿树叶做的带子系在腰间。

我看到人与万物和睦相处，鸟儿和蝴蝶大胆地飞近人身，羚羊群放心地走向溪边。

我再仔细观看，已不见穷困，也不见奢华，只见彼此平等，亲如兄弟。看不到医生，因为每个人都成了医生，尽可凭借自己的知识和经验为自己施治。看不到牧师，因为良知已成为伟大的牧师。看不到律师，因为大自然取代了法庭，已为人们之间订好亲善友好条约。

我看到人已知自己乃万物基石，因而不屑于计较琐碎，揭去了灵魂慧眼上的模糊纱巾，面前豁然明亮，可读乌云写在苍天脸上的字迹，能识微风留在水面上的图样，善悟百花芳息的真谛，更知鸱鸟、夜莺歌声的内涵。

在现代高墙之后，在未来数代人的舞台上，我看到美如新郎，心灵是新娘，整个生活就像"盖德尔之夜"。

爱情秘语

我的美人儿呀，你现在哪里？你在小花园里浇灌那些爱你如同婴孩恋母的花儿？还是在自己的闺房，那个你为圣洁建造了祭坛，我誓愿以灵魂和生命献祭的地方？或者你在书海徜徉，虽然你已满腹经纶，还想更多地汲取人类的智慧？

我心灵的伴侣，你在何方？你在庙堂为我祈祷，还是在田野与你钦敬和梦想的大自然亲切交谈？或者在受苦人的茅舍里，用你那甜润的心灵安慰苦心欲碎的女人，并且慷慨施予她们以思想？

你无处不在，因为你是上帝灵魂的一部分；你无时不有，因为你强健胜过光明。

你可记得我们相聚的夜晚？你的心灵之光在我们周围形成光环，爱的天使围绕着我们，我们尽情歌颂圣灵的伟业。你可记得我们同坐在树荫下的白天？浓荫遮蔽着我们，仿佛有意挡住人们的视线，就像肋骨将心的神圣秘密遮掩。你可记得我们走过的小径、斜坡？你我的手指，就像你的辫子一样，发束相互编在一起；你我头依着头，酷似你保护着我，我保护着你。你可记得你来告别的时刻？你拥抱我，亲吻我。你给我的是圣母玛利亚式的一吻，我从中知道，唇与唇一旦相吻，便带来了语言难以表述的天上秘密。那一吻是双双合叹一口气的前奏；那一口气就像上帝吹入泥中的那口气，泥顿时变成了人。那一口气，先于我们到达灵魂世界，宣布你我两颗心灵的高贵，在那里一直待到我们与之相会，永不分离……之后，你亲吻我，再亲吻我，流着泪说："肉体有说不清、道不明的志趣，往往因为世间琐事和微小目的而分别远离；灵魂则不同，总是安居爱神掌中，直至死神降临，将之带往上帝那里。亲爱的，你去吧！生活既然委派你完成什么使命，你就乖乖服从她吧！生活是位美女，她会让服从者饱饮满杯的甘甜多福河水。至于我嘛，你的爱就是与我朝夕相伴的新郎；思念你，那便是经久不散的吉庆婚礼。"

我的情侣，你现在哪里？每当微风吹向你那边时，我总是让它带去我的心脏搏动声和周身的隐秘。莫非你静夜里没人睡？或者在静观意中情郎的肖像？那肖像已不似今日的他：往昔他因在你的身旁而眉头舒展，如今痛苦已在他的额上投下了阴影；往昔他的眼睑因用你的美搽涂而神采飞扬，如今已因哭泣而枯皱不堪；往昔他的双唇因你亲吻而富有润泽，如今已因干裂而失颜。

亲爱的，你在何方？你在大海后可能听到我的呼喊和哭声，看得见我的虚弱和低贱，晓知我的耐心和坚忍？莫非天空中没有能传达一个痛苦临终人声息的灵魂？难道心灵之间没有报送一位弥留中情人苦衷的无形连线？

我的生命啊，你在哪里？黑暗已将我扼住，悲伤已将我压倒。只要你在空中微笑，我就能恢复精神；只要你在苍穹呼吸，我就能重得生机。

　　亲爱的，你在何方？你在哪里？

　　啊，爱情是多么伟大，而我又何其渺小！

情 侣

第一眼

那第一眼，是分开人生醉与醒的一瞬。那第一眼，是照亮心灵各个角落的第一柄火炬。那第一眼，是人心之琴第一根弦奏出的第一声神奇乐音。那第一眼是暂短瞬间，却可以使心灵重听往日的故事，向心灵之眼揭示夜的作为，向心灵的洞察力显露这个世界本质的功绩，并且吐露未来世界的永恒秘密。那第一眼，是阿施塔特从空中抛下来的一粒果核，眼睛将之投入心田，情感促其发芽成长，心灵令其开花结果。来自情侣的第一眼，就像漂荡在海面上的圣灵，天和地由之而诞生。来自终身伴侣的第一眼，酷似上帝之言："就这样!"

第一吻

上帝将爱情的多福河水斟满杯子，把杯饮下的第一口，便是那第一吻。怀疑会令相信中充满痛苦，而相信则会使欢乐弥漫心间；怀疑与相信的界限，便是那第一吻。第一吻，是精神生活长诗的开端，又是理想人生小说的第一章。那第一吻，是连接平淡过去与辉煌未来的纽带，将情感的静默与歌声集于一体。那第一吻，是四片嘴唇同时说出的一句话，宣布心变成了宝座，爱情是国王，忠诚是王冠。那第一吻，是柔雅一触，就像微风指头轻抹玫瑰花唇，带着美味的长叹和甜滋滋的轻轻呻吟。那第一吻，是消魂的颤抖之始，正是它将情侣双双脱离度量衡世界，走进梦悟天园。那第一吻，将秋牡丹与石榴花结合为一体，混合起两种花的气味，从而生出第三种气息……如果说第一眼是爱情女神抛入人的心田的第一颗果核，那么，第一吻就像生命之树第一枝头开出的第一朵花。

结 婚

在这里，爱情将生活的散文写成诗篇，把生命的意义编成书卷，供白昼朗读，供黑夜吟唱。在这里，思念揭去了遮掩往年隐秘的层层幕幔，集星点乐趣组成了只有灵魂拥抱主时才能得到的幸福。结婚，就是两性神格结合在一起，在大地上创生第三种神格。结婚，就是用爱情将两个强者结合在一起，共同抵抗一个可恶的弱灾。结婚，就是将黄色的美酒与红色的佳酿混合在一起，产生出类似黎明到来时朝霞显现出的金黄色。结婚，就是两个灵魂和谐一致，两颗心联合化一。结婚，是一条长链的一个金环，那长链的首端是第一眼，其尾不见终点。结婚，是圣洁天空降向神圣大自然的纯净春雨，以便开发吉祥大地的潜力……如果说来自情侣的第一眼是爱情女神抛入人的心田的第一颗果核，而来自情侣双唇的第一吻像生命之树第一枝头开出的第一朵花，那么，与情侣结婚就像是那颗果核开出的第一朵花结出的第一颗果子。

过去的城

生命带着我站在青春山脚下，示意我向后看。我转身向后一望，只见一座形状、房舍奇异的城市，伏卧在平原当中；那里幻象起伏，五彩蒸气升腾，构成一层薄雾纱幔，几乎将城市遮掩。

我问："生命啊，这是什么？"生命说："那是过去的城市。你好好看看吧！"

我极目仔细观看，但见：

行动学院像巨人一样坐在睡眠之神的翅膀下；言语寺院的周围有一群幽灵在盘旋，时而发出绝望的呼叫，时而唱着希望的歌；信仰建起的宗教庙堂，旋即被怀疑捣毁；思想的宣礼塔高耸入云，酷似乞讨者伸出的手；偏好的大街延伸开来，就像河流穿行在山丘之间；隐藏看管的秘密仓库，却被询问盗贼窃光；勇敢假造的脚塔，却被恐惧拆毁；黑暗装饰起来的梦幻大厦，随即又被苏醒毁掉；小人物的茅屋里住着软弱，孤独寺里站着忘我；知识俱乐部被智慧照亮，随即又被愚昧弄得一片黑暗；情侣们在爱情酒店醉倒，幽会却将他们嘲笑；生命在人生的舞台上演自己的喜戏，死神来临结束自己的悲剧。

生命在我前面引路，说道："跟我来吧！我们站得太久了。"我说："生命啊，去哪儿？"生命说："到未来城里去。"我说："慢点走！我已走得疲惫不堪。岩石弄伤了我的双脚，障碍已使我精疲力竭。"生命说："走吧！停步就是怯懦；仅仅回眸过去的城便是愚蠢。"

两种死

夜阑更深，死神从上帝那里降向熟睡的城市，落在一座宣礼塔顶。它用它那明亮的双眼穿透住宅墙壁，看到了乘坐在幻梦翅膀上的灵魂和受困神意志制约的躯体。

月亮沉没在熹微晨光之后，城市披上一层梦幻似的薄纱，死神迈着轻轻的脚步穿行在住宅之间，终于来到一个富豪的公馆。死神抬脚进门，没有遇到任何障碍。它站在富豪床边，伸手触摸富豪的前额，富豪惊醒过来。他一看见死神的影子站在面前，惶恐万状，失声喊道："可怕的梦魇，离我远点！凶恶的幻影，你快走开！你这个盗贼，你是怎么进来的？你这个强盗，你来干什么？我是这家主人，你给我走开！快滚开！不然，我就要喊来奴仆和守卫，将你碎尸万段！"

死神走近富豪，用惊雷似的声音说道："我就是死神！你要注意，放尊重一些！"富豪回答道："你现在要我怎么样？你有什么要求？我还没有结束自己的工作，你为什么就来了？你对像我这样的富豪大亨有何要求？你还是到久病的人那里去吧！你快离开我，不要让我看见你那伤人的利爪和你那毒蛇似的长发。你走吧！我讨厌看你那两个巨大的翅膀和破烂的体躯。"一阵令人烦恼的沉寂之后，富豪又说："不，不！仁慈的死神啊，我刚才说的那些话，请你不要在意！我因害怕，一时心惶，才那样说的。你拿一斗黄金走，或者带走几个家仆的灵魂，放我一马吧……死神啊，我还想活下去，因为我还有没结清的账，人们欠我的钱还没有还清。海上还有我的船，尚未靠岸。地里的庄稼也还没有长成。我这里的东西随你拿，只要放过我就行。我有婢女若干，个个像晨光那样美丽，任你挑，任你选。死神呀，你听我说，我有一个独生子，我喜欢他，我的希望全寄托在他的身上，你把他带走吧！只要能把我留下，你愿意拿什么就拿什么，你可以把一切都拿走，只求你放开我！"

富翁话音未落，死神伸手堵住那个凡奴的嘴，摄取了他的灵魂，并将之交给风神带走了。

旋即，死神又走进柔弱穷苦人们居住的区域，来到一座简陋茅舍。进了门，靠近一张床，那张床上躺着一个青春少年。死神一番观察少年的文静面孔，然后伸手触摸少年的眼睛，少年醒了过来。少年见死神站在自己的身边，急忙双膝下跪，伸出胳膊，用充满钟爱和思念的声音说："死神啊，美丽的死神，我就在这里。你是我梦中的真实，你是我的希望所在，请接受我的灵魂吧！我心爱的死神，把我带走吧！你是仁慈的，不要把我丢在这里。你是神的使者，你是真理的右手，不要把我丢下。我曾多少次找你而见不到你，我曾多少次呼唤你而你没听到。你现在听到我的声音了，请不要拒绝我的愿望。亲爱的死神，拥抱我吧！"

这时，死神用柔软的手指捂住少年的双唇，摄取了他的灵魂，放在自己的双翼之下。

死神在空中盘旋，望着这个世界，对着风说："只有来自永恒世界的人，才能回到永恒世界去。"

我的朋友

穷朋友啊，假若注定不幸的贫困启示你认识公平，让你晓知生命的本质，那么，你一定甘心接受上帝的安排。我要说，你想认识公平，而富人只顾自己的金库，哪管什么公平；我要说，你欲晓知生命的本质，而强者早把视线转向了功名。你就为生命而欢欣吧！因为你就是生命之书。你尽情欢悦吧！因为你是支持者们美德之源，同时你也是那些从你这里获取美德人的支持者。

悲伤的朋友啊，假若你知道你所面临的灾难正是照亮心房的力量，并且将心灵从被蔑视提高到被尊重的地位，那么，你一定甘心承受它，甘愿受它的威力教化；而且你一定会明白生命是一条多环锁链，环环相扣，痛苦则是屈从当前处境与向往明日欢乐之间的一个金环，正像清晨介于睡梦与苏醒之间。

朋友啊！穷困可以映出心灵的高尚，而富贵只能暴露灵魂的卑贱；痛苦能镇定情绪，而欢乐则能愈合创伤。因为人们挥霍无度，寻欢作乐，仍然有增无减。就像他们以圣书之名做圣书忌讳的坏事一样，在人道主义的名义下干人道主义所拒绝的勾当。

假若贫困消失、痛苦远离，那么，心灵就会变成一张空白纸，上面只留下表明自私自利、贪得无厌的数字及意为肮脏欲望的词语。因为我曾细心观察，发现了神性，那就是人的精神自我，金钱买不到，也不会生于花花公子的欢乐之中。我曾留意察看，我发现富人抛弃了神性，一心积聚钱财，而公子哥儿也弃离了神性，一意追求享受。

穷朋友啊，你从田地中回到家里之后，与妻儿一起度过的时辰，那是未来人类家庭的象征，也是后代幸福的标志，而富翁在金库里度过的一生，则类似于坟墓中的虫蚁生活，那是可怕的象征。

悲伤的朋友呀，你所挥洒的泪水比佯装健忘者的笑容要美，较嘲讽者的大笑要甜。那泪水可以洗刷掉心上的憎恶污垢，挥泪者能够学到如何与伤心人的情感共通。那是拿撒勒人耶稣基督的眼泪。

穷苦人啊，你播下的，却被富有强者收获的力量，必将回到你的手里。因为按照自然法则，万物总会归根。悲伤人呀，你所面临的悲伤，必将按照天意化为欢乐。

后代人将从贫困中学到平等，从悲伤中学到爱情。

情　话

　　在一座孤零零的房子里，坐着一个青春少年。他时而透过窗子望望镶嵌着繁星的夜空，时而看看手中一位姑娘的画像。画像上的线条和色彩都映在小伙子的脸上，这个世界的秘密以及永恒天园的玄妙都显示在他的面庞，那姑娘的画像在与他窃窃私语，使小伙子的双眼变成了耳朵，能够聆听游荡在房间里的灵魂低语，并把青年的一切化为无数颗爱情照亮、充满思念的心。

　　一个时辰过去，就像是一分钟的爱情甜梦，或者像是永恒世界里的一年。之后，青年把画像放在自己的面前，拿起笔和纸写道：

　　我的心上人：

　　　　超越自然的伟大真情，在人与人之间不是通过人的共同语言传递的，而是选定寂静无声作为心心相通之路。我觉得今夜的寂静就能带着比微风写在水面的书信还轻的情书，在你我两颗心灵之间传递，并且把你我两颗心里的话语向彼此吟诵。不过就像上帝意志那样，将心灵囚禁在肉体里，爱情有意让我变成了话语的俘虏……亲爱的，人们说："爱神能把崇拜者变成吞噬一切的烈火。"我发现离别时刻并未能将我们精神本身分开，正像第一次见面时，我觉得自己早就认识你，我看到你的第一眼并非真的是第一眼似的……亲爱的，将你我那两颗脱离天界的心合在一起的时刻，那是极为罕见的时刻，使我坚信灵魂是永恒的。在这样的时刻，大自然方才揭掉了自己那被疑为不义的有限公正的假面具……

亲爱的，你还记得那座花园吗？当时我们站在那里，相互对视着情人的面容。你可知道你的目光对我说，你对我的爱并非出自对我的同情？那目光教给我对自己和世人说："源于正义的馈赠，要比出于恩赐的施舍伟大得多；迫于环境的爱情，就像沼泽的水一样浑浊。"

亲爱的，我希望我度过伟大、壮丽的一生，值得后人记起的一生，引起后人崇拜和羡慕的一生。这一生始自见到你的那一天，我深信它永恒垂青。因为我相信你完全能够通过非凡言行将上帝赋予我的力量化为现实，就像太阳催开田野上的百合，令芳馨四溢。如此，我的爱属于我，也属于后代。我善爱众生，这爱纯洁无私；我特别爱你，这爱高尚脱俗。

写到这里，青年站起身来，在房间里缓缓踱步。过了一会儿，他朝窗外望去，见月亮已经升起在天际，柔和的月光遍洒广宇，于是回到原位，继续写那封信：

　　亲爱的，原谅我，刚才我竟用了第二人称和你谈话。你是我美丽的另一半，那正是我们同时离开上帝之手时，我失去的那另一半。亲爱的，求你宽谅我。

诗 人

他是连接今日世界与未来世界的一环。他是供干渴心灵饱饮的甘泉。他是植于美河之畔的树，结出的成熟果子供饥饿的心餐食。他是夜莺，跳动在话语的枝条上，唱出的歌使人们周身充满文雅、温柔。他是白云，生于曙光线上，继而扩展上升，充满整个天空，然后降下甘露，供生命田野之花饱饮。他是神差的天使，教人们理会神性。他是灿烂灯光，黑暗压不倒，升斗难掩藏，爱神阿施塔特为之添油，乐神阿波罗将之点燃。

他单身一人，穿朴拙，食斯文，坐在大自然的怀抱中，一心学习创造；夜深人静之时不眠，等待灵感降临。他是一位农夫，将心的种子播撒在情感的园地，丰收的庄稼供人类收割、食用。

这就是诗人！诗人在世时不为人知；而在他辞别这个世界、返回天国之时，人们才晓得他的价值。这诗人只要求人类报之微微一笑；这诗人气息升腾，使整个天空充满活生生的美丽幻影，而人们却不肯给他一片面包，更不肯给他一个栖身之地。

众人啊众人，世界啊世界，何日何月，你们才能用荣誉为那些以鲜血灌溉大地的人建起住宅呢？众人啊众人，世界啊世界，何月何年，你们才能放弃对那些牺牲自己的华年为你们带来平安、舒适的人以冷眼相看呢？你们崇尚杀戮，敬重那些为人们戴上奴役枷锁的人，却佯装忘记了那些人：他们用光明驱逐黑暗，以便教你们如何观赏白日的光华；他们毕生挣扎在不幸魔爪中，以便让你们享受幸福甘甜。你们这样不识真伪还会继续到何日何月何年？诗人啊，生命的生命啊，你们不顾岁月严酷，征服了岁月；你们不畏虚假芒刺，赢得了桂冠；你们占据了人们的心田，这占据无始无终。

啊，诗人们！

我的生日

1908 年 12 月 6 日写于巴黎

在这样的一天，母亲生下了我。

二十五年前的这一天，寂静将我生在这个充满喧嚣、纠纷和格斗的世间。

啊，我绕着太阳已经转了二十五周，不知道月亮围着我走了多少圈。但是，我仍未能弄清光明的秘密，也不知道黑暗的内涵。

我和地球、月亮、太阳及众星斗一起绕着至高无上的天主转了二十五圈。但是，我的心灵现在还在低声呼唤着天主的美名，就像山洞传出大海波涛的回声：山洞与大海同在，却不知大海的实质；山洞唱着大海的潮汐之歌，自己却不明白意义为何。

二十五年前，时光之手把我写成这个奇异巨大世界书上的一个字。看哪，我就是这个含义模糊不清的字，时而表示没有什么，时而又表示许多东西。

每年的这一天，我的脑海里总是思潮翻滚、悬念云集、追忆联翩，它使往日闪过的队列在我的面前停下脚步，让我仔细观看已过去的夜下的种种幻影，然后又像风扫天边云彩那样将之驱散，就像遥远空谷之中溪水的歌声那样，渐渐消失在我房间的各个角落。

每年的这一天，为我画魂的灵魂从世界各地向我这里集结，围着我唱着令人痛苦的回忆歌曲，然后慢慢退去，消隐在可见物之后，活像一群鸟儿落在一个被遗弃的打谷场上，连一颗谷粒都没啄食到，于是扇动翅膀片刻，随后向另一个地方飞去。

在这一天，往日的生活画面展现在我的面前，活像一面小镜子，我照了许久，而看到的只有像死人脸一样的岁月那憔悴惨白的来年，希冀、梦想和愿望的容貌也像老年人一样，已是皱纹满面。我闭上眼睛，片刻后睁眼再照镜子，看到的只有我的面容。我仔细观察自己的脸面，看到的只有忧伤。我想与忧伤说话，却发现它是不会说话的哑巴；假若忧伤会说话，那定比欢乐还要甜美。

在过去的二十五年中，我已爱过很多。我常爱人们所憎，而憎恶人们认为好的东西。我少年时代所爱的，至今仍然爱。我现在爱的东西，将一直爱到我生命的终结之时。爱是我能够得到的一切，谁也不能让我舍弃它。

我曾多次爱过死神，并用许多甜美的名字呼唤它，而且暗暗和公开地歌颂它。即使我未忘记死神，也不曾背弃与它的约言，我却变得也爱生。在我看来，死与生同样具有美，有着同样滋味，都会引发我的思念与眷恋，均能激起我的爱和怜。

我爱过自由。对人们受压迫和奴役的境况了解得越深，我就越是热爱自由；对人们屈从可怕偶像的情景知道得越多，我对自由的爱就越强烈。那些偶像都是黑暗世代雕成的，由持续不断的愚昧树立起来的，奴隶们的嘴唇将之磨得溜光。不过，我像热爱自由那样爱这些奴隶。我同情这些奴隶，因为他们是盲人：他们明明在与饿狼的血盆大口接吻，而他们却看不见；他们明明在吮吸毒蛇的毒液，而他们却感觉不到；他们明明在用自己的指甲挖自己的坟墓，而他们却全然不知。我爱自由胜过爱一切。因为我发现自由是位姑娘，孤独已使她精疲力竭，幽居已使她憔悴不堪，简直变成了一个透明的幻影，穿行在住宅之间，站在街口，大声向过路人求救，但谁也不听她的喊声，更没有人回头看她一眼。

在过去的二十五年中，我像爱所有人一样爱过幸福。我每天醒来，像人们一样寻求幸福，但在他们的路上从未找到幸福；非但如此，既没有看到幸福在他们公馆周围的沙土上留下脚印，也没有听见从他们寺院窗里传出的幸福声音的回声。当我独自寻觅幸福之时，我听到我的心灵对我悄悄耳语："幸福是位少女，生活在心的深处；那心宽广无比，你难以走到那里。"我打开心想看一看幸福，发现那里只有她的镜子、床铺和衣服，却未见到少女幸福。

我爱过人们，我很爱他们。在我看来，人分几类：其一诅咒人生，其二为人生祝福，其三深刻思考人生。我爱其一，怜其不幸；我爱其二，谅其宽容；我爱其三，慕其博学。

就这样，二十五年过去了，我的日日夜夜从我的生命中相继匆匆跌落去了，就像树叶面临着秋风，纷纷飘落在地。

今天，我停下脚步，就像走过一半路程的疲惫行人，暂时停下脚步歇息。我朝四下望去，却不见在我走过的人生路上有什么痕迹，足以让我在太阳面前指着它说："这是我的。"我也没有发现我的人生四季有什么收获，只有一些被黑墨水滴染过的稿纸，还有一些充满和谐线条和色彩的零散奇异绘画。那零散绘画包裹和掩埋着我的情感、思想和幻梦，宛如农夫将种子播撒在地里。但是，下地将种子播入土里的农夫，满怀希望戴月而归，期待着收获季节的来临；而我呢，只是撒下了心里的种子，没有希望，没有寄托，更没有什么可等待的。

现在，我已经到了年龄的这个阶段：透过叹息与悲伤的雾霭，过去的一切展现在我的眼前；透过往昔的薄纱，我的目光看到了未来。我站在玻璃窗前，眺望万物，看到人们的脸面，听到人们的声音，都在扶摇直上云天；我觉察到了他们在住宅之间走动的脚步声，感触到了他们的灵魂、他们的嗜好和他们心脏的搏动。我极目望去，儿童们玩耍、奔跑，相互往脸上扬撒沙土，笑声不断，喜气洋洋；我看见青年们昂首阔步走向前，仿佛在读写在用阳光衬里的云端上的青春长诗；我看见姑娘们步履轻盈，一步三摇似杨柳枝条，微微笑容似鲜花开放，望着小伙子们，眼帘里跳动着爱慕的目光；我看到老年人缓步走着，个个背驼似弓，人人拄着拐杖，两眼盯着地，好像在寻觅丢在细土里的珍宝。我凭窗而站，仔细观看这所有画面以及城市街头巷尾那或动或静的幻影。旋即，我把目光转向城外，看到了原野上的一切：惊人的美，有声的寂静，高高的山冈，低低的谷地，茂盛的绿树，摇曳的青草，喷香的鲜花，吟唱的河溪，鸣啭的百鸟。我再往原野后面看，望见了无数大海：大海深处有无穷无尽的奇珍异宝，隐藏着无数秘密；海面上波涛翻滚，时急时缓，时而化为蒸气升腾，时而凝成雨滴落下。

之后，我向大海后面望去，但见无边太空，那里有无数遨游着的世界，那里有无数颗闪亮的星斗，还有无数个太阳、月亮、行星和恒星，它们相互吸引，既相互争斗，又相安无事；不论是生于大自然，还是转化而成，却均按照一条无端无尾的法则相互交织在一起，都服从于一条无始无终的规律。我透过窗玻璃看到了这一切，既忘掉了二十五年，也忘掉了这之前的时光以及未来的若干世纪。在我看来，我的自身及周围的一切，不论可见或不可见的，都不过像在永恒空间里一个周身颤抖的孩子叹息时喷出的一颗微粒，而空间又是那样高深没有边际。不过，我感觉到了这微粒的存在，就是这个灵魂，其本身被我称为"自己"。我能感觉出他的动态，我能听到他的呼声。

他现在拍翅飞上高空，把自己的双手伸向四面八方，不住地摇摆颤抖，在这样的一天里显示自己的存在，用发自最圣洁心灵里的声音高喊道："你好哇，生命！你好哇，苏醒！你好哇，幻梦！你好，用自己的光盖过大地黑暗的白昼！你好，用自己的黑暗显示天光的黑夜！你好，一年四季！你好，使大地重现青春的春天！你好，传播太阳光荣的盛夏！你好，以硕果、五谷报答辛苦劳动的金秋！你好，用暴动重现大自然决心的严冬！你好，把时光遮掩的一切重新展示的岁月！你好，把岁月破坏的一切重新修复的世代！你好，带着我们走向完美的时光！你好，掌握生命命脉、用太阳面纱遮脸的灵魂！心啊，你好，因为你沉浸在泪水里，所以不能讥笑这问候。嘴唇啊，你好！因为你发出问候之时，正在尝着苦涩的滋味。"

灵魂谈心

"亲爱的，醒醒吧！你醒一醒！因为我的灵魂正在大海后面呼唤你，我的心神正在狂涛巨浪上空展翅飞向你那里。你醒一醒！活动已经停止，寂静淹没了马蹄声和行人的脚步声。睡神拥抱着人们的灵魂，而惟独我醒着，因为每当困倦侵袭我时，思念总是把我强拉回来；每当忧虑逼近我时，爱情总是把我推近你。亲爱的，因为我害怕藏在被窝里的遗忘幻影，所以离开了床；我丢开了书，因为我的叹息抹去了书上的字，那一页一页的书在我眼里都变成了空白纸。你醒醒吧，亲爱的！你醒一醒，听我把话对你讲。"

"我在这儿，亲爱的！我听到你在大海后的呼唤，也感觉到了你的翅膀在拍击。我已经醒来，离开了自己的闺房，行走在草地上，而且我的双脚和衣角都已被夜露打湿。看哪，亲爱的！我已站在花儿盛开的巴旦杏树枝下。"

"亲爱的，你说吧！让你的气息随着起自黎巴嫩山谷的惠风向我这里流动。你说呀！别人听不见，因为黑夜已把万物打入各自的巢穴，困倦也已令城市居民醉入梦境，只有我醒着。"

"亲爱的，云天用月华织就了轻纱，并将之盖在黎巴嫩的躯体上。"

"亲爱的，高天用夜的黑暗织成了厚厚的一件披风，用工厂的烟雾和死人的气息做衬里，并将之把城市的肋骨遮盖。"

"亲爱的，乡下人已在他们坐落于核桃树和柳树之间的茅舍里入睡，他们的气息竞相登上欢梦的舞台。"

"亲爱的，金钱的重载压矮了人的身材，贪婪路上的重重障碍已使他们的驼队疲惫不堪，疲倦已使他们睁不开眼睛，他们只有躺在床上，恐惧和失望的幻影折磨着他们的心。"

"先辈们的幻影行走在山谷之中，丘山上空盘旋着帝王、先知们的灵魂。我的思想转向回忆的舞台，看到了迦勒底人的伟大恢弘、亚述人的壮丽堂皇和阿拉伯人的富贵尊荣。"

"盗贼的黑影活动在胡同里，窗子缝隙间探出淫荡毒蛇的头，病魔气息搀杂着死神的喘息在街口奔走。记忆揭去遗忘的幕帘，使我看到了所多玛的邪恶和蛾摩拉的罪行。"

"亲爱的，树枝条轻柔摇曳，树叶的沙沙声与山涧溪水的哗哗声结为联盟，我的耳边响起所罗门的《雅歌》、大卫的琴声和穆苏里的歌喉。"

"这里的孩子们的心灵在颤抖，饥饿使他们神情不安；躺在忧伤与失望病榻上的母亲们在长吁短叹；贫困噩梦常常惊扰失业者们的心坎。我听到了苦涩的哀号和断断续续的悲叹，使人不禁落泪、哀怜。"

"这里水仙花、百合花芳香四溢，素馨花与接骨木的香气相互拥抱在一起，继之与杉树的香气汇合，与微风的波浪掠过零散废墟和弯曲长廊之上，令人心充满遐想，真想乘风飞翔。"

"此间胡同里的恶臭气味熏天，病菌四下扩散，就像无数根隐形细箭，令人直觉担心，将空气毒化污染。"

"看哪，亲爱的，清晨已经来临，苏醒的手指戏动着睡者的眼帘。紫色的晨光从夜身后升起，揭去了夜幕，露出了生命的意志和光辉。静静依偎在山谷两侧的乡村苏醒了，教堂的钟声响了，使天宇充满了令人心满意足的呼声，宣告晨祷开始。山洞传来了钟声的回音，仿佛整个大自然都在进行祷告。牛离开圈，山羊、绵羊群出了栏，向着田野走去，吃着挂着闪光露珠的青草。牧童吹着短笛走在羊群前，羊群后跟着一群少女，和鸟雀们一道欢迎清晨的降临。"

"亲爱的，清晨已经到来，白日的沉重手掌已在堆积起的房舍上伸开。窗帘已经取去，门扇也已开启，露出来的是一张张愁苦的脸和无精打采的眼。不幸的人们走向工厂，而在他们的体躯里，死神就栖息在生命旁边。他们的愁容上满是失望和恐惧的阴影，仿佛他们是被强拉向殊死决斗的战场。看哪，大街上挤满贪得无厌之辈，天空中充满铁器响声、车轮轰隆和汽笛长鸣。整个城市变成了战场，弱肉强食，富贵不仁，强占可怜穷人的劳动成果。"

"亲爱的，这里的生活多么美好！它就像诗人之心，充满了光明和温柔。"

"亲爱的，此间的生活多么残酷！它就像罪犯的心，充满了邪恶与恐怖。"

组　歌

一支歌

　　我的心灵深处有支歌，不喜以语词为衣；那支歌居于我的心坎，不愿随墨水注入笔端；那支歌像透明的封皮，包着我的情感，不肯像口水涌上舌尖。

　　我怕能媒细尘将之玷污，怎可将它吟唱？因它习惯于安居我心灵中，担忧它难耐人耳粗糙，我又能唱给谁听？

　　假如你看看我的眼睛，便会看到那支歌的幻影；倘若你触摸我的手指，就能感到那支歌在抖动。

　　我的作品能显示那支歌，就像湖面能够倒影星斗之光；我的泪水能揭示那支歌，如同气温将露珠挥洒之时，露珠便将玫瑰花的秘密揭露。

　　寂静将那支歌张扬，喧嚣又将之掩盖；幻梦令其复出，苏醒又将之隐藏。

　　众人哪，那是一支爱之歌，哪位以撒能唱？哪位大卫能歌？

它比茉莉花的气味芳香，哪个喉咙能将之抵抗？它比童贞女的秘密严实，哪根琴弦敢将之揭示？

谁能把大海咆哮与夜莺啼鸣结合在一起？谁能将暴风与孩子叹息合二而一？哪个人会唱神的歌曲？

浪之歌

我与海岸是一对情侣，爱情使我俩接近，风又把我俩分离。我来自蓝色晚霞之后，以便让我的银沫与它那金沙结合，用我的唾液把我的心冷却。

黎明时分，我对着情人的耳朵海誓山盟，情人把我紧紧搂在怀中；夜幕降临，我把思恋祷词对他唱吟，他便与我热烈亲吻。

我执拗、急躁；我的情侣却既有耐心，且又坚韧。

涨潮时，我拥抱情人；落潮时，我拜倒在情人脚下。

多少次，当美人鱼游出深水，坐在岩石上观赏繁星，我围着她们跳舞；多少次，我听情人与美女们诉说爱情之苦时，我与之一道叹息；多少次，岩石悔恨自己僵死不能动，我与它逗笑，而它从无笑意；多少次，我从海底窃得珍珠，将之赠送给天下美女！

夜阑更深，人们与困神拥抱进入梦乡，而我却不眠，时而歌唱，时而叹息。我多可怜！熬夜使我精疲力竭，容颜憔悴。但是，我是热恋者；爱情的真谛是长醒不睡。

这就是我的生活；我活着就要这样做。

雨之歌

我是银线，上帝将我从高空抛下。大自然将我笑纳，并用我去装点千谷万壑。

我是美丽的珍珠，散落在阿施塔特女神的王冠上；晨光的女儿将我偷去，用我将田野镶嵌。

我哭，而山川在微笑；我谦恭下士，而花儿却高昂起头。云彩与田地本是一对情侣，我是二者之间的救急使者；我自天而降，医好那位的病疾，解除这位的干渴。

雷声和闪电是我到来的先兆，七色彩虹宣布我的行程终结。世间生活亦如此：始于盛怒的物质脚下，终于平静的死神手上。

我从湖心升腾，在能媒的翅膀上行走。当我看见美丽的园林时，便立即降下，亲吻白花芳唇，拥抱绿叶青枝。

寂静之时，我便用自己纤细柔软的手指敲击窗玻璃；那敲击声构成乐曲，敏感的心灵方能通晓领会。

空气的高温将我生下，我则解除空气的高温。正如女子，她从男子那里汲取力量，又用这力量去征服男子。

我是大海的叹息，我是天空的泪水，我是田野的微笑。爱情亦如此：它是情感大海的一声叹息，思想天空的一滴泪水，心灵田野的一丝微笑。

美之歌

我是爱情的向导，我是精神的醇酒，我是心灵的美食。我是一朵玫瑰花，日出东方，我开启心扉，少女将我摘下，又把我亲吻，然后把我挂在她的胸前。

我是幸福之家，我是欢乐源泉，我是宽舒起点。我是窈窕淑女粉唇上的轻柔微笑，小伙子看见我会忘怀疲劳，他的生活会变成美梦的舞台。

我能启迪诗人的心灵，我能给画家引路，我能给音乐家当导师。

我是婴儿眼中的亮光，慈母见之，急忙跪拜、祈祷，把上帝赞扬。

我将夏娃的胴体展示在亚当面前，致使亚当对之顶礼膜拜；我在所罗门面前饰作他那意中人的苗条身段，致使所罗门变成了哲学家和诗人。

我向海伦微微一笑，特洛伊化为一片废墟；我为克娄巴特拉戴上王冠，尼罗河谷充满温馨和睦。

我像世世代代的人们，今天建设，明日毁坏；我是上帝，使万物生，亦令之死。

我比紫罗兰花的感叹轻柔；我比暴风强烈。

众人们，我就是真理。我是真理，这一点你们最该知晓。

幸福之歌

人是我的情郎，我是人的情侣。我思慕他，他迷恋我。可是，呜呼！我和他之间冒出了个第三者，和我一道爱上了他，使我面临不幸，也给他造成了痛苦和折磨。那暴虐的第三者名叫"物欲"：我们走到哪里，它跟我们到哪里；它像毒蛇一样，分开了情郎和我。

我去旷野寻情郎，在树下，到湖旁，不见他的身影；因为物欲引诱他，将他带往城市，去会狐朋狗友，搞腐化堕落，终于自投不幸之中。

我去知识学院、智慧殿堂，不见他的身影；因为那以尘土为衣的物欲把他带到自私自利堡垒中去了。那是醉生梦死居住之地。

我去知足之地寻情郎，不见他的身影；因为我的情敌把他禁锢在贪得无厌的洞穴里。

黎明时分，东方欲晓，我呼唤情郎，他听不到我的喊声；因为留恋过去的困意使他的眼皮感到沉重。夜深人静，百花入眠，我与他嬉戏，而他却不理睬我；因为向往未来的迷恋占据了他的心。情郎爱我，他在自己的作品中寻觅我；其实，他只能在上帝的作品里找到我。他想到用弱者的骸髅建在金银中的荣誉宫殿去与我相会，而我只在情感溪畔那神灵建造的朴素茅舍里才与他见面。他想在暴君、杀人犯面前和我亲吻，而我只有在纯洁花丛间幽会时，才准许他吻我的双唇。他希望计谋为我俩做媒，而我只求纯洁、美好的工作当我们之间的媒婆。

我的情郎从我的情敌——物质——那里学会了呐喊和喧嚣，而我将教他自己的眼里流出求怜的泪水，发出要求充足东西的叹息。我的情郎属于我，我也属于他。

花之歌

　　我是大自然说出的话语；旋即大自然又将之收回，隐藏在自己的心里，然后又将其讲出。我是星斗，由蓝色帐篷落到绿地毯上。

　　我是冬天孕育的各种成分的女儿；春天将她生下，夏天将她养大，秋天哄她入睡。

　　我是情侣俩的礼物；我是婚礼上的花环；我是生者送给死者的最后一件赠礼。

　　清晨，我与微风合作宣布光明的到来；夜晚，我与百鸟一同与光明告别。

　　我在平原上摇曳晃动，将平原装饰一新；我在风中呼吸，使空气里充满芳香。我睡下时，夜晚的无数只眼睛盯着我；我醒时，用白日的单只眼睛观察。

　　我喝着露酒，听着鸱鸟唱歌，和着青草的掌声起舞。我经常向高空仰望，以便看到光明，不看自己的幻影。这就是人尚未学到的哲理。

人之歌

你们原是死的，而他以生命赋予你们，然后使你们死亡，然后使你们复活，然后你们要被召归于他。

——《古兰经》

我自古存在，依今故我，我将存在到永久，我的存在无终结。

我曾在无穷太空遨游；我曾幻想世界翱翔；我接近过最高光明圈；看哪，如今却成了物质的囚徒。

我听过孔夫子的教诲；我聆听过婆罗门的哲理；我曾在菩提树下坐在达摩的身旁；呵，我现在正与愚昧和不信神搏斗。耶和华面谕摩西时，我在何烈山上；在约旦河旁，我目睹过拿撒勒人耶稣显示奇迹；在麦地那城，我听过阿拉伯人的先知训教；呵，我现在却成了迷惑、彷徨的俘虏。我看到过巴比伦的强盛；我见识过埃及的辉煌；我领略过希腊的壮丽；但我仍看到柔弱、屈辱和卑微显现在那所有功业里。我曾与艾尼·杜尔的妖术师、亚述的祭司、巴勒斯坦的先知们坐在一起，但我仍然歌颂真理。我背诵过来自印度的格言；我熟读过源自阿拉伯半岛居民心中的诗歌；我领略过由马格里布人情感凝结而成的音乐；但我是视而不见的瞎子，听而不闻的聋子。我承受过贪婪征服者的残暴；我遭受过专制统治者的欺凌和暴虐之徒的奴役；但我仍然有力量与日月抗争。

我看到和听到所有这些时，我还是个孩童；我将要看到和听到青年时代及其未来的功业；我将要步入老年，臻于完美，归于上帝。我自古存在，依今故我，我将存在到永久，我的存在无终结。

诗人之声

一

力量能够把种子播在我的心田，我来收割，集起谷穗，将之一捆一抱地送给饥馑者。灵魂使这微小的葡萄树成活，我则把它结出的葡萄榨成汁，送给干渴人喝。苍天给这盏灯添满了油，我则将之点上，放在我家窗口，为夜下行人把路照亮。我之所以做这些事情因为我依靠此而活着。假若白昼禁止我的行动，黑夜又将我的双手捆起，我则求一死。因为最适合于一个被其民族抛弃的先知和在乡亲中被视为异乡人的诗人。

人们像暴风一样喧嚣，我则静静地叹息。因为我发现暴风的怒吼会消失，会被世代的汪洋大海吞噬，而叹息则与上帝一起永存。

人们贪恋冰雪一样寒冷的物质，我则追求爱的火焰，将之抱在怀里，让其吞食我的肋骨，消蚀我的五脏六腑。因为我熟知物质能使人毫无痛苦地死去，而爱情则用痛苦使人复活。

人类分种族、群体，分属国家、地域。我视自我在某一地区为异乡人，独立于任何一个民族。整个地球都是我的祖国，所有人类家庭都是我的亲戚。因为我发现人已十分弱小，还要自我分割，岂不是自视卑贱！地球本来就很狭窄，还要分成若干王国，岂不是过分愚昧！

人类竞相捣毁灵魂殿堂，合力建造肉体学院，我却独自站在痛惜的立场上。但是，我留心聆听，听到我的内心里有一种希望声音在说："就像爱情用痛苦使人复活那样，愚昧能教人认识知识之路。痛苦和愚昧能化为巨大快乐和完整知识。因为永恒的智慧在太阳上没有创造任何虚假东西。"

二

我思恋我的祖国，因为她美丽无比；我热爱我的国民，因为他们无比不幸。但是，如果我的民族在被他们称为"爱国主义"的策动下，起来向邻国发动进攻，掠夺人家的财产，残杀他们的男子，使儿童变为孤儿，令女子变成寡妇，使土地饮其男儿的血，令野兽食其青年的肉，那时，我便会厌恶我的祖国和国民。

我赞美我的故乡，我思念我在那里成长起来的国家。但是，如果有路人经过那里，要求在那家园投宿，向乡亲们要口面饼，竟会遭到拒绝，并被驱赶而去，那么，我的赞美就将为哀叹所代替，我的思念也将被遗忘淹没，我会自言自语："连一块面饼都舍不得给饥馑者，连一张床都不肯给投宿者的家园，应该就地捣毁，夷为废墟！"

我爱故乡，更爱祖国，尤爱祖国的大地。我全身心热爱大地，因为大地是人性的摇篮，而人性则是大地上的神性灵魂。神圣的人性正是大地上的神性灵魂。那人性站在废墟之间，赤条条的身上只盖着破布片，凹陷的两腮挂着热泪，高声呼唤着自己的儿女们，使整个广宇充满了呻吟声和哭叫声，而她的儿女们根本不去理她的喊声，只顾唱着宗派主义的歌，更无视她的簌簌泪流，只顾磨自己的利剑。那人性独自坐着，向民众大声求救，而民众听不见。假如有人能听到她的喊声，定会回应，继而走近她，为她擦拭眼泪，安慰她惨遭不幸。这时，民众会说："不要管她！眼泪只能打动弱者。"

人性是大地上的神性灵魂。那神性行走在各国之间，畅谈博爱，指出人生之路，而人们却嘲弄神性的言论和教诲。往昔，那里虽然耶稣听了神性，人们却把他钉在十字架上；苏格拉底听了神性，人们让他服毒杀身；如今，许多人听了神性，而且当着众人大谈耶稣、苏格拉底和神性，人们再没有能力杀死他们，却讥笑他们说："讥笑比杀人更厉害、更苦涩。"

耶路撒冷未能杀死耶稣，耶稣活到永远；雅典未能处死苏格拉底，苏格拉底得到永生。讥笑也不能征服听从人性呼唤、紧跟神性脚步的人们，他们也将活到永远，得到永生。

三

你是我的兄弟；我俩都是至尊圣灵之子。你像我一样，因为我俩同是肉体的囚徒，而上帝铸造两个肉体时用的是同一块泥。你是我生活道路上的伙伴，正是你帮助我认识隐藏在乌云之后的真理的本体。

你是人，我的兄弟，我爱你！你可以随意对我加以评说。因为明天将为你做裁判，你的话语将在公正裁决面前成为明显而确凿的证据。

你可以随意从我这里拿东西。因为我所占据的钱财，其中一部分属于你；我所占有的房地产，是我为我的贪心占有的，你可以享用其中一部分，如果一部分能让你满意。

你可以随意处置我。但是，你却没有能力触犯我的真理。你可以放我的血，焚烧我的肉体，但你不能使我的心灵痛苦，更不能使之死去。你只管给我的手脚戴上镣铐，将我下到黑暗的牢狱，但你却不能俘虏我的思想，因为它自由得像微风，徜徉、遨游在无边无沿的天宇。

你是我的兄弟，我爱你。

你在你的清真寺里做礼拜，我爱你；你在你的庙堂里顶礼膜拜，我爱你；你在你的教堂里做祈祷，我爱你。你和我本是一种宗教之子，那宗教便是灵魂。这种宗教各分支的领袖都是指向心灵完美的神性之手上相互连在一起的手指。

我爱你，爱你那源自一般智力的真理。那真理，我现在看不见它，因为我盲目；但我认为它是神圣的，因为它是心灵的作品。那真理将与我的真理在未来的世界里相遇，像花的气息一样相互结合在一起，变成一个完整永恒真理，与爱与美一道永存长在。

我爱你，因为我见你在暴虐强者面前那样软弱；我爱你，因为我见你在贪婪的富豪门前那样穷困。因此，我为你哭泣落泪。我透过眼泪，看见你在公正的怀抱中，公正在向着你微笑，蔑视压迫你的那些人……你是我的兄弟，我爱你。

四

你是我的兄弟，我爱你。既然如此，你为什么与我为敌？

你为什么来到我的国家，试图说服我讨好那些教长们？君不见，那些教长用你的话语求取荣光，借你的辛苦获得欢乐。你为什么丢下你的妻儿，去到遥远的地方，为将军们送死？君不见，那些将军们想用你的鲜血买高官，借你母亲的悲痛换取尊荣。难道说一个人杀自己的兄弟能算高尚？如果是那样，我们就为该隐雕像，为亚那颂歌。

喂，我的兄弟，他们说："维护自我是大自然的根本法则。"但是，我认为野心家的特点在于：首先使你甘心牺牲自我，以便达到制服你的兄弟们的目的。他们说："要想生存，必须侵犯他人权利。"我则说："维护他们的权利，那才是人类至尊至美行为。"我还要说："假若我的存在必须使他人死亡，那么，死亡对我来说最甜最美。假如没有人让我体面、光彩、清白地死去，我会亲手把自己提前送往永恒世界。"

我的兄弟呀，自私自利会导致盲目竞争，竞争会产生沙文主义，沙文主义会生出专制。所有这些都是争执和奴役生成的原因。心灵主张智慧和正义压倒愚昧和邪恶，而坚决反对那种拿金属锻造长矛、利剑，用武力推行愚昧和邪恶的权势。正是那种权势毁坏了巴比伦，毁坏了耶路撒冷的支柱，摧毁了罗马的建筑。正是那种权势造就了刽子手、杀人犯，而人们却把他们描述为"伟人"，作家依然在宣扬他们的名字，书籍也把他们的战斗记录保存下来；与此同时，当他们用鲜血染红地面时，大地也不得不把他们背在自己的背上……兄弟呀，究竟是什么东西使你迷恋于欺骗你的东西、依附于危害你的人呢？真正的权势是维护公正普遍自然法则的智慧。假若一种权势能够处决杀人犯，将盗贼打入监牢，自己却又去进攻邻国，乱杀成千无辜，掠夺上万财富，那么，这种权势的正义何在呢？对那些让杀人犯去惩处杀人者，让盗贼去处罚小偷的宗派主义者，又该作何评论呢？

你是我的兄弟，我爱你。爱是最高形式的正义。假若我对你的爱在各方面有失公正，那么，我就是穿着爱的漂亮外衣，以掩饰自私自利丑陋面目的诈骗犯。

结束语

我的心灵是我的好友：每当日月灾难沉重，总给我以安慰；生活艰辛之时，与我共分忧愁。谁不做自己心灵的朋友，便成为人们的敌人；谁不能自我安慰，便会绝望而死。因为生命源自人的内心，而非来自周围外界。

我来到人间，有话要说；我将要把它讲出。假若在我讲出它之前，死神就把我召去，那么，来日会将之讲出。来日是不会把隐藏的秘密留在没有穷尽的书中的。

我来到人间靠爱的荣耀和美的光明活着；看哪，我现在活着，人们无法使我远离生活。

如果人们挖去我的双眼，我会留心听赏爱之歌和美之曲。如果人们塞住我的两耳，我会因为接触到融合着情侣气息和美的芳香的能媒而感到快乐。

我来到人间，是为了大家，也依靠大家。我今天孤自做的事情，未来会当众宣布；我现在单口说的话语，来日会用许多口舌道出。

李唯中　译